DIE CHRISTNACHT IM JANUAR
Weihnachtsgeschichten aus der Fränkischen Schweiz

Die Fränkische Schweiz
Heimatkundliche Beihefte
8

Erich Döttl

Die Christnacht im Januar

Weihnachtsgeschichten aus der Fränkischen Schweiz

Palm & Enke
Erlangen und Jena 1994

Einband und Illustrationen vom Verfasser

ISBN 3-7896-0540-9
Herausgegeben vom Arbeitskreis Heimatkunde im Fränkische-Schweiz-Verein
Redaktionelle Betreuung: Hans Weisel
Gesamtherstellung: Lorenz Ellwanger, 95444 Bayreuth

INHALTSVERZEICHNIS

* entnommen dem Buch FEIERABEND (FSV 4) von E. Döttl

ZU BETLEHEM IM WIESENTTAL

Eine fränkische Weihnachtsgeschichte

Die Verkündigung

Es begab sich zu jener Zeit, in der man noch kein Fernsehen kannte und noch nicht einmal ein Radio. Im Einödhof auf dem Muggendorfer Gebirg gab es auch noch keine Zeitung und noch nicht einmal elektrisches Licht.

Da blieb es in den langen Winternächten auch lange dunkel in den Stuben. Erst, wenn man wirklich gar nichts mehr sehen konnte, zündete die Mutter das Petroleumlicht über dem Tisch an. Der Docht wurde ganz nach unten gedreht, damit die Flamme nur klein brannte, denn es mußte ja gespart werden.

Nicht gespart wurde mit Feuer, denn das Holz kostete nichts, man hatte genug davon.

Dann war es abends schön warm in der Stube, die Lampe verbreitete ein gemütliches Licht, und die Bäuche waren angenehm gefüllt mit Brot und Milchsuppe.

Aber – wie gesagt – die Abende waren lang. Außer den Gebetbüchern gab es im ganzen Haus nur ein einziges Buch, die Bibel. Aus ihr wurde zuweilen am Abend vorgelesen. Für Kinderohren war die fremde, altertümliche Sprache freilich nicht immer geeignet.

Da war ein guter Geschichtenerzähler von hohem Wert. Und auf dem Einödhof gab es einen guten Erzähler, einen sehr guten sogar. Das war der Großvater. Und schon beim Abendbrot merkten die Kinder, ob er heute Lust hatte, etwas zu erzählen, und sie merkten auch, ob es eine mehr lustige Geschichte werden würde oder etwas zum Nachdenken, etwas vielleicht aus seiner Jugendzeit oder aus dem Franzosenkrieg Anno 1870/71, bei dem der Großvater dabei gewesen war.

Heute abend hatte er die Kinder lange warten lassen. Er kramte mit seiner Tabakspfeife herum und holte schließlich die Hausbibel.

Er blätterte umständlich darin, und die Kinder waren überrascht, daß er nicht vorzulesen begann, sondern sagte:

„Kinner, heut derzähl ich euch die schönsta Gschicht vo der ganzen Welt; die

Gschicht, wie des wor, wies Christkindla auf die Welt kumma is."
Da glänzten die Augen der Kinder, und alle drei saßen gespannt um den Tisch herum und spitzten die Ohren.
Links vom Großvater saß das Michela, das ging noch nicht zur Schule, rechts vom Großvater hatte die Kathi Platz genommen, die ging schon in die zweite Klasse. Und gegenüber stützte die Marie ihr Kinn in ihre Hände; sie war schon im dritten Schuljahr.
Die Mutter hörte man draußen in der Küche herumhantieren, und der Vater war nochmal in den Stall gegangen. Er schaute nach dem Kälbchen, mit dem es keine rechte Art hatte. Die junge Magd war bereits in ihre Schlafkammer verschwunden. Über der kleinen Tischrunde lag eine feierliche Spannung.
Der Großvater räusperte sich und begann wie der Pfarrer in der Kirche:
„Es begab sich zu jener Zeit...", aber weiter kam er nicht mit dem gespreizten Tonfall; er hob die Augen von den Bibelzeilen und begann noch einmal:
„Es wor die Zeit, wu des Christkindla nuch net auf dera Welt wor. Sei Murrer, die heilich Maria, wor selbigsmol noch gor net verheiret. Aber mit dem heiling Josef wor sa scho verlobt."
Weiter kam zunächst der Großvater nicht, weil er vom Michela unterbrochen wurde:
„Wu wor nochert die? Bei uns herom oder druntn im Tol?"
Den Großvater brachte diese Frage etwas aus dem Konzept. Doch bevor er sich zu einer Erklärung durchringen konnte, erklärte die kleine Kathi mit sicherer Stimme:
„No, wu werd die scho gwesn sei? In Muggendorf halt. Wu denn sunst?" - Die Marie lächelte überlegen über die Reden ihrer kleinen Geschwister; sie kannte die Weihnachtsgeschichte schon aus der Schule. Noch bevor der Großvater Luft geholt hatte, verkündete sie sehr neugescheit:
„A gor, in Muggendorf; in Nazaret hot die heilich Maria gwohnt."
Das Michela blickte aufmerksam zum Großvater auf, und als es sah, daß dieser nickte, blickte es bewundernd zu seiner älteren Schwester. Und damit es nicht gar so unwissend gelten mochte, sagte das Michela im Tonfall der Erwachsenen:
„No, des werd halt dann mehra auf Ermästodt zu liegn."
Diese Meinung wurde dann von niemandem mehr am Tisch in Zweifel gezogen, und der Großvater konnte seine kaum begonnene Erzählung wieder aufnehmen.

„Do is also die heilich Maria omds so in ihrer Stubn ghöckt. Do is auf amol in ihrer Stubn hell und heller worn.“
Damit die Kinder sich das gut vorstellen konnten, langte er zur Lampe hoch und drehte den Docht ein wenig heraus. In der Bauernstube wurde es hell und heller. Die Kinder waren ganz verzaubert von diesem kleinen Theatertrick.
„Vo dem Licht“, erzählte der Großvater weiter, „vo dem Licht wor die heilich Maria ganz geblendt und hot zuletzt ihra Händ vor die Agn ghaltn.“
Da hob das Michela seine Hände vor die Augen, und auch die beiden anderen mußten blinzeln.
„Do is die Tür aufganga“, fuhr der Großvater fort, „und a großer Engel is erschiena.“
Die Kinder waren so gebannt, daß sie alle drei auf die Stubentür starrten. Und wirklich, in diesem Augenblick senkte sich der Türgriff, und die Tür öffnete sich. Der Großvater war selber erschrocken, als er gewahrte, daß im Türrahmen eine Gestalt mit langem, weißem Gewand erschien. Einen Augenblick lang meinte er, er müsse auf die Knie sinken.
Dem Michela fiel die Kinnlade herunter, die Mädchen wagten nicht mehr zu atmen.
Lange hielt der Zauber freilich nicht, denn der vermeintliche Engel sprach alsobald mit der Stimme der Magd:
„Bauer, ich brauch a neua Kerzn; meina is scho robrennt.“
Und mit ihrem langen Nachthemd schritt sie durch die Stube, verschwand in der Küche, suchte sich einen Kerzenstummel und verließ durch die noch offenstehende Zimmertür den Raum.
Nachdem die Tür ins Schloß gefallen war, dauerte es noch eine kleine Weile, bis der Großvater mit seiner Runde in die heilige Geschichte zurückfand. Schließlich fuhr er fort:
„Der Engl is auf die heilich Maria zuganga, hot die Händ aufghom und gsocht:
Fürchte dich nicht, Maria!
Und donn:
Gegrüßet seist du Maria, voll der Gnaden, der Herr ist mit dir...“
Da falteten die Kinder andächtig ihre Händchen und fielen gemeinsam in das Gebet mit ein:

„Du bist gebenedeit unter den Weibern, und gebenedeit ist die Frucht deines Leibes, Jesus."
Hier wäre der Gruß des Engels eigentlich zu Ende gewesen, aber die kleine Schar fuhr nach der Gewohnheit gemeinsam fort: „Heilige Maria, Mutter Gottes, bitt für uns arme Sünder, jetzt und in der Stunde unseres Todes. Amen."
„Des letzta hot der Engel nimmer gsocht", dachte der Großvater, „ober des macht ja nix." Laut fuhr er fort:
„Der Engel hot der Maria nochert verkündt, daß der heilich Geist kumma werd, daß die Maria nochert a Kind empfanga werd und daß der liebe Gott selber der Vorrer vo dem Kindla sei will."

Als er zu dem Michela hinunter sah, merkte er, daß das kleine Köpfchen nicht ganz folgen konnte. Auf der kindlichen Stirn entstanden große Denkfalten. Bevor noch eine Frage seinen Erzählfluß stören konnte, fuhr er weiter:
„Und dann hot der Engel gsocht, daß des Kind in alla Ewigkeit als Gottessohn auf dera Erdn herrschn soll.
Die Maria hot des gor net alles glam könna. Ober der Engel hot gsocht: Vor Gott is nix unmöglich."
Da glätteten sich dem Michela seine Denkerfalten, und auch seine Schwestern waren's zufrieden. Sie lauschten weiter den Worten des Großvaters.
„Do hot sich die heilich Maria nogkniet, hot die Händ gfaltn und hot gsocht: Ich bin die Magd des Herrn; mir geschehe nach seinem Willen."
Der Großvater langte wieder zur Lampe hoch, drehte den Docht zurück und sagte mit leiser werdender Stimme:
„Und donn is in der Stubn vo der Maria wieder dunkl worn, und der Engl is verschwundn."
Die Kinder sahen wieder alle zur Tür. Es kam ihnen wirklich vor, als ob mit dem dunkler werdenden Licht der himmlische Gast aus ihrer Nähe verschwinde.
Der Großvater machte eine lange Pause und nicht einmal das Michela plapperte in die Stille hinein.
„Ja, und bald hot die heilich Maria gspürt, daß sie a Kindla kriegt."
„Ja", brachte da die Kathi ihr Wissen an, „und des Kind wor unner Christkindla, und auf die Welt kumma is o Weihnachtn!"
Der Großvater nickte und meinte:
„Ja, ja, ober so schnell is des net ganga. Und wenn ihr drei brov seid, nocher derzähl ich euch bald amol, wie die Gschicht weiterganga is. – Und jetzt gehts nei die Better!"
Bald darauf war die Stube leer. Der Großvater drehte die Lampe aus und schaute nochmal vor die Haustür.
Es war eine klare Nacht, das Firmament war übersät mit funkelnden Sternen. Der erste Reif legte sich auf die Jurahöhen. Die Äste der Bäume ragten starr in den Himmel, nichts regte sich. Auch im Stall war Ruhe. Nur der Hofhund kam aus seiner Hütte und strich dem alten Mann ein paarmal um die Beine.
Bald darauf war die letzte Kerze gelöscht. Über der Neideck ging der Mond auf.

Die Herbergssuche

Ein paar Tage waren verstrichen. Der Großvater hatte seither keine Zeit gefunden, seine Weihnachtsgeschichte weiterzuerzählen.
Nach den kalten Tagen war es wieder wärmer geworden, der Boden war aufgetaut; es regnete, und der Wind blies aus allen Himmelsrichtungen. Für die Bauern gab es nun nichts mehr auf den Äckern zu tun, nicht einmal zum Holzmachen ging man in den Wald hinaus.

Da gab es wieder lange Abende, und der Großvater fand Zeit, seine kleine Zuhörerschaft um sich zu versammeln. Zu viert saßen sie um den Tisch.
Der Michl legte eine Faust auf die Tischplatte, darauf die andere Faust, und obenauf stützte er sein Kinn. Die Mädchen saßen ruhig wie die Mäuschen, guckten erwartungsvoll den Großvater an und hofften, daß er endlich anfinge.
„Es begab sich zu jener Zeit", begann er wieder ganz vorschriftsmäßig hochdeutsch und fuhr aber in seiner Mundart weiter, „do, wu der Kaiser Augustus regiert hot. Und der hot wissn wölln, wieviel Leut daß überhaupt in seim Reich gebn hot."
„Worum?" fragte neugierig die Kathi dazwischen.
„Worum? No weger die Steuern! Sunst hät na des ja überhaupt net interessiert", meinte der Großvater. Und diese Begründung war selbst Bauernkindern im letzten Jahrhundert durchaus eingängig.
„Und damit na kaner durch die Lappn geht und a kaner zwamol auf die Listn kümmt, hot er ogschafft, daß a jeder sich do eitrong läßt, wu er herstammt."
„Mir bräucherten do net fort, gell Großvorrer. Mir sen doch scho mei Leta auf unnern Hof?" fragte die Marie.
Da nickte der Großvater ein wenig bedächtig und ein bißchen stolz und sagte zu den Kindern:
„Mei Vorrer und mei Großvorrer und nuch viel weiter, die worn alla scho auf unnern Hof.
Wenn ihr auf die olt Bettstott guckt, do steht mein Großvorrer sei Noma drauf und die Zohl 1756. – Na, mir müssertn net so weit fort wie der heilich Josef mit seiner Fra. Der hot nämlich vo Nazaret noch Betlehem gmüßt zum Eitrogn nei die Listn, weil er vo Betlehem hergstammt hot."
Der Großvater machte nach dieser Erklärung wieder eine kleine Pause, weil er merkte, wie in den kleinen Köpfen die fremden Ortsnamen Vorstellungsprobleme auslösten.
Für die Jurakinder war nämlich Muggendorf schon nicht mehr ganz nahe, Streitberg schon weit und Ebermannstadt schon ziemlich fern. Forchheim kannten sie nur vom Hörensagen, keines der Kinder war noch dort gewesen. Wohl aber der Vater und die Mutter und der Großvater. Der war sogar schon mehrmals in Bamberg und sogar in Nürnberg gewesen. Und im Krieg war er gar bis zu den Franzosen gekommen. Was

er den Kindern von den fernen Städten erzählt hatte, das waren so Geschichten, die konnte man glauben oder auch nicht.

So war es nicht verwunderlich, daß in den Köpfen der Kinder die Vorstellung vom fernen Betlehem ein wenig mit dem fernen – aber eben noch bekannten Ebermannstadt verschmolz.

„Wenns ner net a so gsäut hät, selbigsmol", nahm der Großvater wieder seinen Faden auf, „grod so a Wetter wor wie heut." Und wie zur Bekräftigung rüttelte der Wind an den Fensterläden, und ein Regenguß schlug prasselnd an die kleinen Fensterscheiben.

„Do jogst doch kan Hund vor die Tür!" meinte die Kathi und schüttelte sich, „den Kaiser mit seiner Listn, den hät ich wos pfiffn! Ich wär do daham bliem."

An dieser Stelle spaltete sich die kleine Gesellschaft. Während der Michl seiner Schwester beipflichtete und der Großvater den beiden klarmachte, daß man gegen des Kaisers Willen nichts vermocht hätte, war die Marie bei dem Stichwort „Hund" aufgesprungen, vor die Haustür gerannt, um den Bello hereinzulassen. Der Vater sah das nicht gerne, aber der war ja nicht in der Stube.

Als der Hund unter Maries Stuhl Platz genommen hatte und die Kathi und der Michl sich geistig in des Kaisers Befehl schickten, fuhr der Großvater fort:

„Am schlimmsten vo der ganzen Gschicht ober wor, daß die heilich Maria scho ziemlich weit wor mit ihrm Kindla und sich nimmer so recht hot helfn könna. Sie hot gwißt, daß es nimmer long dauern ko, bis ihr Kindla auf die Welt kummt. Ober wos wollt sa machn, sie hot mitgmüßt noch Betlehem mit ihrm Mo, dem heilichn Josef."

Die Kinder, die darauf vorbereitet waren, daß sie in nächster Zeit selbst noch ein kleines Geschwisterchen bekämen, konnten sich deshalb Marias Zustand recht gut vorstellen. Ihre kleinen Herzen schlugen voll Mitleid für die heilige Gottesmutter.

„Auf an Wächela mit a Schütt Stroh und mit aner Plona drüber, wärs vielleicht ganga", warf die Marie sachkundig ein.

„Ja, wos glabtn ihr", unterbrach der Großvater, „des worn doch bettelarma Leut, die hom kan Wong ghobt. Ner a Esela hot der Josef ghobt, do hot er sei Maria draufgsetzt. Und so sen sa durch Regn und Wind loszogn."

„Bis noch Ermästodt", ergänzte das Michela.

„Noch Betlehem", stellte die Marie fest. Aber auch für sie waren inzwischen nur noch

die Namen unterschiedlich; auch ihr erschien das ferne Ebermannstadt identisch zu sein mit dem fernen Betlehem.
„Kan trockna Fodn hom sa mehr am Leib ghobt, wie sa endlich okumma sen, die zwa, mit ihrm Esela.
'Ober wart ner', hot der heilich Josef sei Fra tröst, 'bei meiner Bos, do kumma mer scho unter; donn kosta dich trockna, und a weng a Milchsuppn werd sa a für uns scho übrig hom.'
Gleich nochn Wasserrod sen sa links neibong."
Bei diesem Satz merkte der Großvater, daß er nun auch schon das ferne Judäa in die Fränkische Schweiz verlegt hatte, aber, da die Kinder, mit dieser Örtlichkeit vertraut, zustimmend nickten, fuhr er fort:
„Gfreut hot er sich, wie er endlich vor dem Häusla der Bos sei Esela oghaltn hot, a poarmol o die Tür bumbert hot und die Bos vo drinna hot rufn hörn: 'Wer isn draun?'"
An dieser Stelle waren die Kinder eigentlich sicher, daß nun die Geschichte ein gutes Ende nehmen würde. Man sah es ihren Gesichtern an. Wie lang wurden die Mienen, als der Großvater den Fortgang schilderte:
„Sie hot die ober Hälft vo der Tür aufgmacht, hot ihrn Krong rausgstreckt und hot scheinheilich gsocht:
'Josef, du bists? Du kummst gwiß mit deiner Maria vo Nazaret? Heilichers, heilichers, bei so an Sauwetter! Schod, daß ich kan Platz für euch hob! Mei Schwester mit ihrn Mo und die Kinner sen a kumma; mir homs Häusla voll bis unter die Ziegl. Waßt wos, geh vür zum Wirt, do kummter unter. Und loßt euch fei nuchamol sehng, bevor ihr hamgeht. Also donn!'– Und scho is ihr Kopf in der Tür verschwundn."
Der Großvater atmete tief durch.
„So a Bißgurrn, so a folscha!" kommentierte Kathi das bedauerliche Geschehen und zischte zwischen den Zähnen, und der Michl ballte seine Kinderfaust.
„Wart ner, olda Giftspritzn!"
Ob er dabei mehr an des heiligen Josefs historische Verwandtschaft oder mehr an die stets keifende Tante Elis in Ebermannstadt gedacht hat, läßt sich wohl nicht mehr klären.

„Schließlich is des Poar mit seim Esela zum nächsten Wirtshaus ganga, und der Josef hot um a Quartier gfrocht.
'Macht, daß der weiterkummt, ihr Pack!', hot der Wirt gsocht.
Die anner Wirtschaft wor scho gschlossn, und in der drittn sen die Leut scho aufn Gong ghöckt, so voll wors. Der heilich Josef hot bittelt und bettelt, er hot bloß groba Wörter kriegt. Do hot die Maria auf ihrn Esela ganz leis zu greina ogfangt."
Bei der Erzählung hatte die Kathi nasse Augen bekommen, und der Marie entfuhr ein tiefer Seufzer aus ihrer Kinderbrust.
Des Michela aber ballte seine Fäuste noch fester und schwor:
„Wenn ich wieder amol noch Ermästodt kumm, dann spotz ich der Tant Elis und dena Wirtn auf die Treppn vor die Tür!"
Der Großvater hätte vielleicht an dieser Stelle nochmals eine zeitliche und geographische Korrektur anbringen können, aber er beließ es dabei.
„Ober wie sa ganz verlorn und ratlos dogstandn sen, do is a Fra vorbei kumma. Die hot a net zu die bessern Leut ghört, des hot mer gleich gsehng!
'No, wos isn mit euch, ihr wißt wohl net, wu ihr hie sollt?'
Der heilich Josef hot sei Not klocht und hot gsocht, daß sei Fra bald wos Klans kriegt.
'Die arm Schwartn', hot die fremd Fra gsocht. 'Do muß mer doch helfn! Wos Gscheits hob ich selber net, ober do draun, vor der Stodt, do steht a leerer Stoll, ner unner Ochs is drin; do hobter wenigstens a Doch übern Kopf, und der Wind geht a über. Besser als nix!'
Wos is do dem heilichen Poar annersch übrich bliem. Sie hom sich den Weg zeign lossn und hom sich im Stoll a weng eigricht zum Schlofn, so guts ganga is." –
„Und für Euch is etzt a soweit", schloß der Großvater.
Die Kinder verschwanden in ihre Schlafkammer; der Großvater löschte die Lampe.
Während die Kinder in ihre Betten krochen, meinte der Michl zu seinen Schwestern:
„Etzt is doch bal Weihnachtn, und do sen sa vielleicht scho wieder unterwegs, die Maria und der Josef. Vielleicht klopfn sa no unner Tür. Mir lossn sa ober fei rei."
Die Kathi meinte treuherzig:
„Ober mir hom ja ka anzigs freis Bett im Haus. Wos mach mer denn do mit die heilichn Leut?"

„No", klärte das Michela die Lage, „do genga mir mit aner Deckn nei die Küchn und lossen die Maria und den Josef nei unnera Better. Und fürs Esela is etzt ja a a Platz im Stoll, wu unner Moggl letzta Wochn gfreckt is."
Nachdem so die Quartierfrage hinreichend gelöst war, fielen den Kindern die Augen zu.
Es kam aber niemand, der von ihrem Angebot Gebrauch gemacht hätte.

Die Hirten auf dem Felde

Auf der Jurahochfläche und auch bereits im Tal war nun der Winter eingekehrt. Frostige Tage und ein bißchen Schnee hatten die Landschaft verwandelt. Reif ließ die Äste der kahlen Bäume in der Sonne glitzern, und feinkörniger Schnee überdeckte die Fluren wie der Puderzucker das frische Weihnachtsgebäck. Das Fest der Christgeburt rückte näher und näher.
Große Geschenke hatten die Kinder nicht zu erhoffen; aber die Besonderheit der bevorstehenden Weihnachtstage hatte ihre kleinen Herzen mit froher Erwartung erfüllt.
„Ja, es geschah zu jener Zeit", begann der Großvater an einem der letzten Adventstage seine Erzählung, „do, wu in der Näh vo Betlehem Hirtn mit ihra Schof gwen sen, do is wos ganz Eigentümlichs gschehng. Die Hirten hom nochts ihra Schof bewacht wie alla Toch im Johr. Die Hünd sen immer wieder amol um die Herdn rumgloffen, daß ka Schäfla hot davolafn könna."
Bei dieser Erzählung begann wieder in den kleinen Gehirnen der Versuch, der Szene eine räumliche Festlegung zu geben.
„Des könnt do bei Streitberg o der untern Leitn gwen sei. Do hob ich öscht letzta Wochn an Schäfer mit seine Schof gsehng", meinte die Kathi.
„Freilich", ergänzte das Michela, „do unter die Felsn, do stehn sa a weng gschützt, die Schof bei der Nocht."
Marie, die Älteste, wechselte einen bedeutsamen Blick mit dem Großvater. Der nickte nur und fuhr fort:
„Weger der Kält und weger die Wölf hom die Hirtn a Feuerla gschürt. Weil alla

wildn Tier förchtn sich vorm Feuer."
„Wenns so kolt wor, worum sen denn nochert die Hirtn net nei ihra Schäferkarrn?" fragte die Marie.
„Wals kana ghobt hom! Die homs ganz Johr unterm freia Himml glebt!"
Des Michela milderte die Härte dieses Schicksals etwas ab, indem es mit seinem praktischen Verstand die Vorzüge der heimischen Landschaft ins Spiel brachte:
„Ober so gscheit wern sa scho gwesn sei, daß bei aner solchen Kält ihra Schof do hie triem hom, wus Höhln gibt.
Also, ich hätt des so eigricht, daß ich im Winter bei der Riesenburg oder bei der Schönsteinhöhl gwen wär mit meina Schof. Hom mer doch gnuch södda großen Löcher, wus net leicht neifriert oder neischneit."
Man nickte beifällig zu dem Vorschlag, und der Großvater fuhr fort:
„Wißter, die Hirtn hom zu die arma Leut ghört. Die hom gor nix zu song ghobt, und a Reicher hot sich mit denna gor net obgebn.
Ober in dera Nocht hot der liebe Gott sie über alla andern hervorghobn. Wie sa so dositzn on ihrm Feuerla, do hom sa auf amol an Lichtschein bemerkt. Öscht ganz kla om Himml, donn is er größer und größer worn."
Die Kinder sahen wieder nach der Lampe, wie bei Großvaters Erzählung von der Verkündigung. Der Großvater drehte auch wirklich das Licht heller auf. Aber an der Tür geschah diesmal nichts.
„Auf amol steht mittn in dem Lichtschein a Engl! Do hom sich die Hirtn gförcht, sen zammkrochn, und die Klan hom ihra Köpf unter ihra Jüppla versteckt."
„Ober a Engela is doch nix zum Förchtn!" warf die Kathi ein. „Hobt ihr die scho amol betracht, die bei unnerer Kirch aufm Altar höckn und auf der Kanzel?"–
„Des wor ka putzigs Engela", belehrte der Großvater die Kinder, „des wor aner wie a riesigs Trumm Monnsbild! Ober der hot scho gmerkt, wos los wor, und hot gsocht: 'Ihr braucht euch fei net zu förchtn! Ich hob a großa Freud ozukündign. Heut is der Heiland der Welt geborn. Geht ner no, ihr werd a Kindla finna in Windln in aner Krippn. Des is unner Erlöser!' Und auf amol sen tausend Engl ausn Himml ogschwebt kumma und hom gsunga:

Ehre sei Gott in der Höhe
und Frieden auf Erden.

Und donn is der Lichtschein wieder dunkler worn, und die Engl sen nein Himml verschwundn."
Mäuschenstill war's in der Stube. Der Großvater stand auf und drehte das Licht zurück. Ganz feierlich war es geworden, die Kinder rutschten von ihren Stühlen und gingen hintereinander – wie eine winzige Prozession – hinaus und in ihre Schlafkammer.
Die Sterne schimmerten durchs Fenster vom Adventshimmel, und jeder Stern erschien den Kindern wie ein ferner Engel, der mit seinem Schein zurückkehrt in die göttliche Heimat.

Im Stall von Betlehem

Dann war endlich der 24. Dezember gekommen. In vielerlei Hinsicht ein besonderer Tag für die Kleinen und Großen in der Familie. Es herrschte unverändert ein nicht allzu hartes Frostwetter, die Frankenlande hatten ihr winterliches Aussehen behalten.
Die Mutter war – wie alle Tage – am Morgen in der Küche erschienen und hatte dem kleinen und großen Volk ein bescheidenes Frühstück gemacht.
Aber bald darauf war sie wieder in ihrer Schlafkammer verschwunden. Der Vater hatte hastig angespannt, um in Tüchersfeld die Tante Anna zu holen. Sie hatte bisher der Mutter bei der Geburt aller ihrer Kinder beigestanden.
Die Marie wußte nun wohl, worum es ging. Der Michl blieb aber jedenfalls völlig ahnungslos und freute sich darauf, daß er mit dem Großvater fortgeschickt wurde, einen Christbaum zu holen.
Die Magd hantierte in der Küche; es roch verheißungsvoll.
Die Tante Anna war bald zur Stelle und kümmerte sich in der Schlafkammer um die Mutter und schickte den Vater, der ständig den Kopf zur Tür hereinstreckte, energisch an seine Arbeit zurück.
So verlief der Tag in angespannter Geschäftigkeit. Als es am Abend dunkel wurde und aus dem elterlichen Schlafraum nichts weiter verlautete, versammelte der Großvater seine kleine Schar um sich, um seine Weihnachtsgeschichte zu Ende zu erzählen.

Wie allemal, so begann er auch diesmal sehr feierlich:
„Und es begab sich zu jener Zeit…,daß die Hirtn ihra Schof hastig eipfercht hom, weil sa noch Betlehem gwöllt hom zu dem Kindla, wies ihna ja der Engl ghaßen hot. Schnell hot a jeder Hirt a weng wos zsammpackt, wos zum Mitbringa, wie sichs ghört, wenn mer a neugeborns Kind und sei Eltern besuchn tut."
„Hom nochert do die Hirtnbum und Madla a mitdörft zum Stoll bei Ermästodt?" fragte das Michela.
Der Großvater überhörte geflissentlich das „Ermästodt" und nickte:
„Freilich! Ner a ganz a olter Hirt, der nimmer richtig hot laafn könna, is bei die Schof bliebn und hot aufpaßt."
Die Kathi legte bedeutungsvoll ihren Zeigefinger an die Nase und meinte:
„Heilichers, wos bringerten ich do mit fürs Kindla und sei Murrer?"
Der Großvater lächelte und fuhr weiter:
„Donn hom sa sich aufgmacht. Die Hirtnkinner sen vorausgrennt, die Oltn hinterdrei. Wie sa schließlich am Stoll okumma sen, worn sa ganz oghetzt, a weng verschwitzt und homs kaum derschnaufn könna."
Die Kinder waren in ihrer Vorstellung vom Gebirg herabgestiegen und hatten die Hirten am Rande des Wiesenttales in Richtung Ebermannstadt auf ihrem Weg zum Stall verfolgt.
„Übern ganzn Stoll is wieder a Schein gleng, alles hot so sonderbor gfunkelt, und schöna Stimmla hom grod a Wiegnliedla gsunga. Des worn klana Engela."
Des Michela summte andächtig:
„Schlof, Kindla schlof, der Vorrer hüt die Schof…"
Nach dieser kleinen Einlage fuhr der Großvater mit seiner Schilderung fort:
„Die ganzen Hirtnleut sen ondächtig in die Knie gsunkn, hom die Händ gfaltn und hom sich gor net satt sehng könna o dem Bild.
Des Jesuskindla is wirklich in aner Krippn glegn; goldig ozuschaua. Seina Agn hots offn ghobt und hot holdselig die arma Hirtn ogschaut, daß dena ganz worm ums Herz worn is. Die Maria is neber der Krippn gsessn. A weng ogriffn hot sa scho ausgsehng, ober irgendwie wor sa net wie a arma Fra im Stoll, sondern ehra wie a Königin auf aner Wolkn. Danebn hot der heilich Josef gstandn, mit aner Händ hot er a Latern ghaltn, die aner Händ hot er seiner Maria auf die Schultern glegt. A so

schös, friedlichs Bild hots seither auf der Welt nimmer gebn.“
„Ober Großvorrer“, rief belehrend die Marie dazwischen, „du dörfst doch den Ochs und den Esl net vergessn!“
„Freilich“, gab der Erzähler zu, „die worn a nuch dabei als Vertreter für alla Tierla auf der Welt. Als Vertreter vom Himml ober hot Gott Vater an Haufn klana Engela gschickt. Die sen auf die Balkn ghöckt, aufn Rand vom Futterbarrn, sogor aufn Ochs sein Buckl wor ans gsessn. Und die ganz kla Gsellschaft hot fürs Christkindla die schönsten Liedla gsunga. Die Hirtn hom gor nimmer gmerkt, daß sa in an Stoll worn, die hom docht, sie sen scho im himmlischn Paradies.“
Hier setzte der Großvater ab. Seine Geschichte war ja nun eigentlich zu Ende. In die kleine Stille hinein aber hörten alle ein ungestümes Gepolter; der Vater rumpelte die Treppe herunter. Er riß die Stubentür auf und rief in die andächtig erschrockene Runde:
„Mir hom an Bum! Kinner, mir hom a Christkindla! Unner Murrer gehts gut!“
Im Augenblick hatte es allen die Sprache verschlagen. Die entstandene Stille wurde gefüllt durch ein kräftiges Schreien des Neugeborenen aus dem Oberstock.
Vater und Großvater hatten alle Hände voll zu tun, die kleine Schar davon abzuhalten, zu ihrem Christkind und zu ihrer Mutter hinaufzustürmen.
Die Zeit, bis sie hinaufdurften, wurde mit der Bescherung überbrückt. Der Großvater zündete die Kerzen am Christbaum an, und der Vater gab jedem Kind seine Gabe. Das war je ein Teller mit Äpfeln, Nüssen, Hutzeln, Plätzchen und Lebkuchen. Dazu ein bescheidenes nützliches Geschenk: ein Schal, ein Paar Strümpfe, ein Paar Handschuhe.
Die Kinder waren selig! Es war eine arme Zeit, doch besaß sie Reichtümer von einer besonderen Art.
Als die Kinder nach einer Stunde zu ihrer Mutter und zu ihrem Brüderchen hinauf durften, kamen sie sich vor wie die Hirten im Stall zu Betlehem. Allzu lange durften sie jedoch nicht bleiben.
Nachdem sie die Wöchnerin wieder verlassen hatten, entdeckte die Mutter, daß an ihrer Bettkante Plätzchen und Lebkuchen aus den Geschenktellern der Kinder abgelegt waren, und auf der Wiege des Neugeborenen lagen die neuen Handschuhe vom Michela!

„Öscht Betlehem im Wiesenttal und etzt Betlehem bei uns aufm Gebirg", sagte der Großvater feierlich, „ja, Weihnachten is halt auf der ganzn Welt!"

HASEN – NIKOLÄUSER UND NIKOLÄUSER – HASEN

Ich waß net, alla Johr vor Weihnachtn krieg ich so a blöds Gfühl. Im Oktober liegn die öschtn Katalog mit Gschenkartikl im Briefkastn und on Allerheilgn siechst die öschtn Nikoläuser in die Schaufenster.
Advent haßt, glab ich, die Zeit der Erwartung. Auf wos wart mer denn?
„Tauet Himmel den Gerechten" hom mer immer in der Rorate gsunga. Wart mer dodrauf?
Eigentlich wart mer auf gor nix. Wennst kaum die letztn Zwetschger ogleert host, do wartst nuch net aufn Heiligobnd. Ober die Gschäftswelt, die wart. Und wie sa wartn! Ober net aufs Christkindla, na, die wartn aufs Gschäft, auf Umsotz, auf Gewinn!
Des is eigentlich normol und natürlich. Jeder will ja sei Gschäft machn; muß er ja a. Des is halt so. Vo nix könna die Gschäftsleut net ihre Steuern bezohln. Ober ärgern tu ich mich trotzdem alla Johr, wie des so laft, wenns ogeht mit die Weihnachtsgschäfte.
Daß mer sich zu Weihnachtn wos schenkt, is schö, daß mer net alles mit der Laubsäg selber machn ko, is klor. Also muß mer Gschenker kafn. Kafn ko mer ober bloß wos, wenn wos obotn werd. Also gehts scheints gor net anners, als wies geht!
Oder waßt du, wies besser gmacht wern könnert?
Ich waß net, bloß, daß michs ärgert, des waß ich.
Zum Beispiel hob ich im Fernsehn gsehng, wie schokladna Nikoläuser gmacht wern. Des hom annera vor mir a scho gsehng und sich gwundert; ober selber dodrüber nochdenkn, denk ich, des ko ja net schodn.
Also, die Schokladnnikoläuser, des sen fei die gleichn Schokladnmännla, die ze Ostern als Osterhosn verkaft wern. Bloß des Papier außn is annersch. Auf dem an Papier is a Osterhosngsicht, auf dem annern a Nikoläuser. Über die schokladna Kugl, die der Kopf sei soll, geht a Spitzn nauf. Bei die Osterhosn wern do Ohrn draus, bei die Nikoläuser die Bischofsmützn. So einfoch geht des.
Außn läßt sich alles machn, inna tut sich dobei gor nix. A Papierbildla macht aus an Osterhosn an heiling Nikolaus und aus an Nikolaus werd einfoch a Hos! Wies des brauchst. Inna brauchst da do nix ze ändern.

Merkst wos?
On Weihnachtn sollert sich ober halt inna a wos ändern bei uns. Donn stimmerts. Ober doderfür mußt halt selber sorgn. Do derfts net wartn, daß annera des für dich tun, wenns dirs so net paßt, wies is. Mach wos, daß so is, wie dus willst. Für dich! In dir!
Wie?
Nochdenkn mußt, wos des Weihnachtn eigentlich will, wos des Fest bedeut, sonst bist selber net mehra wie so a Schokladnmännla, des die annern nei an Papiermäntela wickln, so wie sies brauchn; amol mit aner Bischofsmützn, amol mit Hosnohrn.

Wicklns dir des Nikolauspapierla um, dann hälst dodrauf a Säckla in der Händ. A Säckla für Gabn, des paßt allamol für Weihnachtn. Bloß a leers Säckla, des passert net.
Host nochert wos neizeto?
Wie ich dich kenn, kafsta wos zum Neito.
No ja, donn sen mer ja wieder beim Ofong. Weil, wenn jeder wos kaft, dann stimma ja die Kassn in der Gschäftswelt. Und des muß ja a so sei.
Ober aufpassn mußt fei, daß **dei** Kassabuch stimmt. Dei inwendigs Kassabuch man ich. Wenns net stimmt, on Weihnachtn konnst des richtn, do konnst alles regln.
Wie?
Tu in dei Säckla wos nei zum Verteiln, wos, wos mit Weihnachtn zu to hot, und wos alla brauchn. Und des schenkst nochert her.
Du waßt net, wos ich man?
Liebe und guten Willen!

EIN 6. DEZEMBER

Dieser 6. Dezember begann ziemlich schwierig.

Als nämlich der kleine Franz in den Kindergarten gebracht worden war, wo heute der Nikolaus zu den Kindern kommen sollte, hatte ihm die etwas ältere Elfriede – herausgeputzt mit einer großen Haarschleife – einen Heiratsantrag gemacht. Sie hatte unvermittelt und ohne Anläufe kurz gefragt, ob er sie einmal heiraten werde. Noch bevor der überrumpelte Franz sich mit diesem Gedanken überhaupt beschäftigen konnte, hatte sie festgestellt:

„Also, das gilt!"

Der Franz war derzeit eigentlich mit ganz anderen Problemen befaßt, so daß er der Elfriede weder zustimmen, noch ihr Ersuchen zurückweisen konnte. Der Franz war vielmehr darauf konzentriert, was jetzt unmittelbar erfolgen sollte: Der Nikolaus wurde doch im Kindergarten erwartet.

Kaum war die Kinderschar versammelt, kündigte auch schon die Leiterin des Kindergartens, die Ordensschwester Reginalda, einen hohen Besuch an. Es klopfte prompt schon an der Tür, und ein heiliger Nikolaus im Ornat mit Bischofsstab und Mitra betrat den Raum.

Die Schwester Reginalda stimmte darauf mit den Kindern das einstudierte Lied an: Laßt uns froh und munter sein!

Sie selbst sang so kräftig mit, daß ihre Stimme den ganzen Kinderchor übertönte. Während dieser Gesangsübung hatten die Kinder Zeit, den hohen Gast zu betrachten. Und als das Lied beendet war, da begrüßte die vorlaute Elfriede den heiligen Nikolaus mit den Worten:

„Gelobt sei Jesus Christus, Herr Kaplan!"

Der Schwester Reginalda war dies etwas peinlich, aber ein Lächeln konnte sie doch nicht unterdrücken, und auch Sankt Nikolaus, alias der Herr Kaplan, verzog unter dem weißen Bart seinen Mund zu einem Lachen, bevor er antworten konnte:

„In Ewigkeit, Amen."

Schließlich sprach der Nikolaus zu den Kindern in sehr salbungsvoller Weise. Und wer ihn bisher noch nicht gekannt hatte, der wußte es nun ganz genau, daß der

Nikolaus der Herr Kaplan war.
Er erzählte den Kindern etwas von dem wirklichen Nikolaus, der die Kinder sehr geliebt hatte und der im 4. Jahrhundert in Myra in Kleinasien Bischof gewesen war.
Der kleine Franz paßte sehr gut auf. Myra, dachte er, das ist bestimmt ganz weit weg; vielleicht noch weiter als Forchheim. Und was das 4. Jahrhundert betrifft, das war vielleicht damals, als die Oma noch ein kleines Mädchen war.
Allzu gründlich konnte er diesen schwierigen Fragen aber nicht nachgehen, denn nun wurden die Kinder beschenkt, und der Kaplan-Nikolaus entfernte sich wieder, nachdem er noch Reginaldas und der Kinder Darbietung des Liedes angehört hatte: Morgen Kinder wird's was geben.
„Eigentlich doch heute abend", dachte der Franzl noch, als er wieder von Elfriede in seinen Gedanken gestört wurde. Diese fragte nämlich ihren Bräutigam, ob zu ihm am Abend daheim ein heiliger Nikolaus käme, ein Knecht Ruprecht oder ein Pelzmärtl. Der Franzl blieb ihr auch darauf die Antwort schuldig, obwohl diese Frage sicher noch wichtiger war als die, ob er Elfriede nun wirklich heiraten wollte.

Am späten Nachmittag kam der Opa zum Franzl.
Zuerst erzählte der Bub dem Opa, daß er wahrscheinlich die Elfriede heiraten müsse; sie hätte es ihm heute im Kindergarten mitgeteilt. Er zuckte dazu ergeben mit den Schultern. Danach berichtete er über den Nikolausbesuch im Kindergarten. Schließlich schockierte er den Opa mit der Nachricht, daß er den Nikolaus heute hereinlegen wolle.
Hatte der Franz schon bisher Zweifel daran gehabt, ob es überhaupt einen wirklichen Nikolaus gibt, der zu den Kindern kommt, so war ihm heute morgen klar geworden, daß dies nicht der Fall sein könne. Weshalb wäre sonst im Kindergarten der Herr Kaplan im Kostüm des Heiligen erschienen? Wenn der echte Nikolaus überhaupt aus dem Himmel zu Kindern auf die Erde kommt, dann bestimmt zu den Schützlingen

der Schwester Reginalda. Wenn die Schwester den echten Heiligen nicht herbeibringen konnte, dann ganz sicher gar niemand auf der ganzen Welt. Das stand für den Franzl fest. Also, so schloß er, kommt zu ihm heute abend auch ein falscher Nikolaus. Und dem wollte er's schon zeigen.

Er holte Opas Spazierstock und probierte, wie er damit, unter dem Tisch versteckt, dem falschen Nikolaus ein Bein wegziehen könnte. Der Opa meinte:

„Na, Franzl, ich glaub, das funktioniert nicht. Es wäre schon besser, wir übten das Gedicht, das du dem Nikolaus aufsagen sollst, als daß du übst, wie du ihn umwerfen kannst. Übrigens, wenn der nun wirklich hinfällt, was willst du dann machen?“

Der Franzl stellte sich großartig vor den Opa hin und sagte angeberisch:

„Dann klau ich ihm den Sack und die Rute und reiß schnell aus!“

„Ich weiß nicht recht“, meinte der Opa, „komm, gehen wir lieber doch das Gedicht nochmals durch, das du aufsagen mußt, falls dein Stocktrick nicht gelingen sollte.“

Der Franz ließ sich überreden. Opa schlug das Buch auf, und der Bub und sein Großvater begannen, gemeinsam Theodor Storms Gedicht aufzusagen: Von drauß vom Walde komm ich her, ich muß euch sagen, es weihnachtet sehr.

Es ging so einigermaßen, doch der Franz unterbrach mehrmals den Ablauf der Verse, um gescheite Fragen an den Opa zu stellen. Er wußte, Opa war der einzige, der geduldig seine Fragen beantwortete. Alle anderen Familienmitglieder wehrten ihn immer nach einer Weile ab, wenn er ihnen mit seiner Fragerei auf die Nerven ging.

„Opa, das Gedicht müßte doch eigentlich der Nikolaus aufsagen und nicht ich; er kommt doch vom Wald her!“ meinte er und sah den Großvater ernst an.

„Na ja, das stimmt vom Inhalt her schon“, meinte dieser, „aber der Nikolaus muß ja nicht beweisen, daß er ein Gedicht auswendig lernen kann, sondern du sollst ihm zeigen, daß du fleißig gelernt hast.“

Als sie an der Stelle ankamen, wo es heißt:

Äpfel, Nüß und Mandelkern fressen brave Kinder gern,

da legte der Franzl wieder Einspruch ein:

„Also fressen darf man bei Kindern überhaupt nicht sagen, und eigentlich hat der Nikolaus gar keine Ahnung, was Kinder wirklich gern essen. Ich zum Beispiel mag Gummibärle, Nougatschokolade und Dominosteine, außerdem Erdbeereis...“

Da unterbrach ihn der Großvater:

„Als ich ein Kind war, da gab es solche Leckereien nicht, und wir waren wirklich froh über die Gaben, wie sie in dem Gedicht genannt werden."
Der Franzl staunte.
„Mandelkern kenn ich überhaupt nicht. Sind die vielleicht besonders süß?"
Der Opa klärte den Buben über die Verwendung von Mandelkernen auf.
Und als das Gedicht zu Ende war, da fing der Franzl an, weitere Fragen an den Opa zu richten, Fragen, die die unmittelbare Zukunft betrafen, den kommenden Abend nämlich.
„Kommt zu mir ein heiliger Nikolaus, ein Knecht Ruprecht oder ein Pelzmärtl? Wie sind die eigentlich zu unterscheiden?"
Der Opa nickte und sagte:
„Den Heiligen kennst du ja vom Kindergarten, den Knecht Ruprecht kennst du von dem Gedicht, das du gerade aufgesagt hast. Der ist schon etwas ungestümer, der kann zuhauen und schimpfen und hat einen Sack dabei, in den er böse Kinder stecken kann. Aber der Pelzmärtl, der ist ganz wild. Der rasselt mit Ketten, hat ein schwarzes Gesicht und einen Stock; Gaben hat der keine!"
Als der Opa sah, daß sein Franzl erblaßte, fügte er aber gleich hinzu:
„Aber der kommt doch nur zu ganz bösen Kindern; und du bist doch dem Opa sein lieber Bub. Zu dir kommt der bestimmt nicht. Außerdem weißt du ja, wenn der Opa bei dir ist, dann kann dir nichts passieren!"
Der Franzl schaute dankbar den Großvater an, als sich – und das war verdächtig – Vater, Mutter und Oma wie ganz zufällig in der Stube einfanden. Draußen dunkelte es bereits.
Der Franz trat nun schon nicht mehr so schneidig auf wie noch vor einer Stunde. Es dauerte nicht lange, da klingelte es schon und stampfte und polterte an der Haustür.
Der Nikolaus!
Der Bub wurde blaß.
„Schnell, Franzl", sagte der Großvater und reichte dem Buben den Spazierstock, „geh unter den Tisch, angle dem Nikolaus sein Bein und schmeiß ihn um, wenn er hereinkommt!"
Vater, Mutter und Oma sahen entsetzt zum Großvater hin. War der denn noch bei Sinnen?

Der Vater sagte aber ungerührt:
„Also, ich laß jetzt den Nikolaus herein."
Er erhob sich, ging zur Stubentür hinaus, den Gang entlang, um die Haustür zu öffnen und den Nikolaus hereinzulassen.
Als der Nikolaus mit Gepolter den Gang entlang kam, warf der Franzl den Spazierstock flugs unter den Tisch und flüchtete sich auf Opas Schoß. Gerade rechtzeitig, denn unter der Tür stand ein riesiger Nikolaus; kein Heiliger, kein Ruprecht, kein Pezlmärtl, sondern ein normaler Nikolaus im roten Gewand und mit einem langen, weißen Bart.
Der Franzl hatte in diesem Augenblick ganz vergessen, daß es ja keinen echten Nikolaus gab, daß hier also ein verkleideter Verwandter oder Bekannter erschienen sein mußte. Daß er den Nikolaus mit einer Fußangel umwerfen wollte, daran verschwendete er keinen Gedanken mehr.
Dafür stand er zwischen Opas Knien und sagte, von Opa bestens unterstützt, sein Gedicht vom Knecht Ruprecht auf, gab brav Antwort und betete etwas vor.
Der Nikolaus las aus einem Buch Tadel und Lob vor und leerte zuletzt seinen Sack aus. Äpfel, Nüß und Mandelkern sah der Franz nicht, dafür aber ein schönes Bilderbuch, drei Ritter für Franzls Burg, einige Mandarinen und eine Tüte mit süßen Dominosteinen, Gummibärchen und Nougatschokolade!
Franzl mußte sich bedanken und den Nikolaus zur Tür bringen. Als der verschwunden war, kehrte der Bub eilends auf Großvaters Knie zurück. Jetzt war die Spannung gewichen. Franzl schob die Ritter in seine Hosentasche und sah mit Großvater gemeinsam das schöne Bilderbuch an.
Es war schon ziemlich spät, und der Franzl hatte einen gewissen Abstand zu den aufregenden Ereignissen des Abends gewonnen. Als er dem Opa eine gute Nacht wünschte, sagte er leise, so daß es die anderen nicht hören konnten:
„Und wer war jetzt eigentlich der Nikolaus, Opa?"
Der Großvater schmunzelte und antwortete ebenso leise:
„Dein Schwiegervater."
Der Bub blickte völlig verdutzt.
„Weeer?" fragte er gedehnt, „was für ein Vater?"
Er hatte nichts begriffen.

„Na“, meinte der Großvater lächelnd, „der Vater von Elfriede, das war der Nikolaus.“ In diesem Augenblick war der Franzl sich ziemlich sicher, daß er morgen der Elfriede einen abschlägigen Bescheid in Bezug auf ihre Heirat erteilen würde. Den Nikolaus als Schwiegervater, nein, das mußte ja nun wirklich nicht sein.

Als die Mutter den Buben ins Bett gebracht hatte, sagte sie noch:
„Gel, das war ein lieber Nikolaus?“
Der Franz überlegte seine Antwort nicht lange:
„Ja schon, aber mein Opa ist mir tausendmal lieber!“

DER NIKOLAUS UND DIE MEHRZAHL

Am Nikolaustag brachte der Nikolaus der Anna viele schöne Gaben. Darunter auch einen Schokoladenikolaus. Mit rotem Glanzpapier war er eingewickelt, man konnte seine rote Kapuze und seinen roten Mantel bewundern, auch stand ein kleines Säcklein neben seinen Stiefeln, und ganz deutlich war die große Rute zu erkennen, die er in der behandschuhten Faust hielt. Am besten gefiel aber der Anna sein freundliches Gesicht mit dem Bart. Diesem Umstand verdankte es der kleine Nikolaus, daß er den Nikolausabend überhaupt überlebte.

Am nächsten Tag kam die Oma vorbei. Sie brachte ein kleines Säcklein mit und erzählte der Anna, dieses habe der Nikolaus bei ihr abgegeben und sie, die Oma, solle es der Anna bringen, weil sie in der Schule so tüchtig sei.

Die Anna war über die kleine Schwindelei der Oma hoch erfreut. Sie leerte mit ihren flinken Fingerchen das Säcklein aus und fand neben einigen Leckereien und einem Bilderbuch wiederum einen sehr schönen Schokoladenikolaus. Auch er war in rotes Glanzpapier gewickelt mit Sack, Bart, Rute und einem sehr freundlichen Gesicht.

Anna stellte ihn neben seinen Vorgänger aufs Fensterbrett. Sie waren genau von der gleichen Art: eineiige Zwillinge sozusagen; der Nikolaus mal zwei.

Die Anna freute sich über das Doppelgängerpaar in der befriedigenden Gewißheit, daß sie, sollte sie einen aufgegessen haben, noch einen zweiten gleicher Art zu genießen hatte. Sie klatschte in ihre Hände und rief:

„Oma, schau, jetzt hab ich zwei ganz gleiche Nikoläuser!"

Die Oma schmunzelte und meinte:

„Ja, zwei ganz gleiche; aber der Plural war falsch gebildet."

Anna stutzte:

„Wer ist falsch gebildet?"

„Ich meine, die Mehrzahl von Nikolaus heißt doch nicht Nikoläuser", meinte die Oma.

„Nein?" Anna schaute ganz verunsichert, „Mutti sagt aber auch Nikoläuser! Wie muß ich denn dann zu meinen zwei Nikoläusern richtig sagen, Oma?"

„Nikoläuse, mein Kind", meinte die Oma belehrend.

Aber da kam die Mutter hinzu und mischte sich in das Gespräch von Enkelin und Großmutter ein.
„Nikoläuse? Bestimmt ist das nicht korrekt. Der Nikolaus hat doch nichts mit Läusen zu tun! Nikoläuse? Das klingt ja geradezu eklig!"
Die Oma schien gekränkt.
„Nikolaus – Nikoläuse, so heißt das nun einmal. Die Mehrzahlbildung erfolgt eben nach dem gleichen Schema wie bei der Laus."
Die Mutter protestierte:
„Das Haus – die Häuser, der Nikolaus – die Nikoläuser. Das ist das hier gültige Schema."
Die Anna war nun ganz verunsichert. Sie wollte es aber nicht mit der Oma und auch nicht mit der Mutter verderben. Daher sagte sie klug:
„Ach, wißt ihr was? Ich frag' morgen den Herrn Lehrer."
Das schien beiden Frauen der richtige Weg zur Klärung des Falles. Man lachte über die Nikoläuse oder Nikoläuser und überantwortete die Entscheidung dem Herrn Lehrer.

Als Anna am nächsten Tag in der Schule den Herrn Lehrer fragte, runzelte dieser seine hohe Stirn, sah ein wenig unsicherer als sonst durch seine dicken Brillengläser und probierte vor sich hin:
„Der Nikolaus – die Nikoläuser; der Nikolaus – die Nikoläuse; der Nikolaus – die Nikolause."
Diese letzte Form klang in Annas Ohren wie ein preußisches Fremdwort.
„In der Tat, eine delikate grammatikalische Frage, da wollen wir doch mal das deutsche Rechtschriftbuch befragen", sagte der Lehrer und griff in das Regal, um das amtliche Rechtschreibebuch zu holen. Er blätterte ein bißchen darin und las der staunenden Anna vor:
„Der Nikolaus – die Nikolause; volkstümlich auch die Nikoläuse; süddeutsch gelegentlich auch Nikoläuser."

Die Anna hatte gut aufgepaßt. Sie bedankte sich artig und verkündete am Nachmittag, als Mutti und Oma am Kaffeetisch saßen, ihr überlegenes Wissen:
„Ich weiß jetzt, wie die Mehrzahl vom Nikolaus heißt. Wer von euch recht hat, der schenkt mir einen Nikolaus. Abgemacht?"
„Abgemacht!" versprachen beide Frauen siegesgewiß.
Die Anna baute sich vor Oma und Mutti auf und dozierte:
„Also, nach dem Rechtschreibebuch heißt es: der Nikolaus – volkstümliche Mehrzahl die Nikoläuse."
Die Oma blickte stolz drein und sagte triumphierend:
„Also, meine Form ist richtig. Gut, Anna, du bekommst noch einen Nikolaus von mir."
Anna sah das verduzte Gesicht ihrer Mutti und verkündete weiter:
„Der Nikolaus – süddeutsch gelegentlich auch die Nikoläuser."
Da hellte sich das Gesicht der Mutter auf, und sie sagte mit einem gewissen rechthaberischen Stolz:
„Dann ist meine Form auch nicht falsch. Du bekommst auch von mir noch einen Nikolaus."
Anna lächelte überlegen und sagte langsam mit Nachdruck:
„Zwei hab ich schon, zwei krieg ich noch. Das macht zusammen vier
N i k o l a u s e. Und so heißt die eigentlich richtige Form nach dem Rechtschreibebuch!"
Die beiden Frauen schauten sich verblüfft an, und man war sich einig darüber, daß der heilige Nikolaus wirklich ein echter Freund aller Kinder ist. Er hilft ihnen immer und bereitet ihnen Freude – und wenn er es über den Umweg mit der Mehrzahlform seines Namens tun muß!

DAS GÄNSJUNG

Der Name mag regional wechseln, aber es geht doch um die gleiche Sache, besser um das gleiche Spezialgericht. Im Norden heißt es Gänseklein, anderswo Gänsepfeffer und bei uns heißt es halt Gänsjung. Gemeint ist eine Speise aus den Innereien, dem Kopf und Kragen, Füßen und Flügeln einer geschlachteten Gans.

Bei uns hat die Großmutter dieses weihnachtliche Vorfeiertagsessen nach dem überlieferten Rezept ihrer Mutter hergestellt. Und diese war eine Bäuerin auf dem Fränkischen Jura gewesen und wegen ihrer Kochkünste nicht nur in der Familie sehr gerühmt.

Was alles zu den Zutaten dieser Mahlzeit gehört, vermag ich nicht aufzuzählen; nur soviel weiß ich noch, daß die Grundsubstanz der Soße aus dem Blut der geschlachteten Gans bestand und daß auch ein Schuß Essig – und nicht zu wenig – beigegeben werden mußte. Den Auftakt zu dieser Mahlzeit bildete das Schlachten der Gans. Wir mochten da der Großmutter nicht zusehen.

Wir Kinder waren ohnehin von dem Essen wenig angetan und freuten uns bei diesem Mahl schon immer auf den nächsten Tag, wenn die Gans als Braten auf den weihnachtlichen Festtagstisch kam.

Die Erwachsenen aber fanden dieses Gänsjungessen als einen besonderen Genuß und bedienten sich reichlich mit Klößen und der dunklen Soße.

Einmal, als die große Schlacht am Vorweihnachtstisch geschlagen war und sich die ganze Tischrunde die braunen Soßreste von den Mundwinkeln wischte, meinte mein Großvater:

„Also gut wors scho, ober mitm Essig häst net so sporn brauchn. A weng schärfer und würziger hätts scho sei dörfn."

Die Großmutter sandte einen fragenden Blick in die Runde. Als auch der älteste Sohn, mein Onkel Schorsch, versicherte, daß es heuer etwas zu mild ausgefallen war und auch die anderen zustimmend nickten, da machte sie ein enttäuschtes Gesicht wie ein beleidigter Künstler, dem die Kritiker soeben sein Hauptwerk zerrissen hatten.

Die Großmutter sagte nichts, aber das Klappern des Geschirrs war beim Abräumen deutlich lauter als an anderen Tagen.
Solche Kleinigkeiten werden im allgemeinen wieder vergessen, da der Alltag gewichtigere Dinge zur Entscheidung bringt. Nicht aber in unserer Familie; da wird so leicht nichts vergessen, besonders nicht, wenn es sich um so zentrale Angelegenheiten handelt wie gutes Essen und Trinken!
Genau ein Jahr später stand wieder am Tag vor Weihnachten das traditionelle Gänsjung auf dem Familientisch mit brauner Blutsoße und einer großen Schüssel dampfender Klöße.
Die Großmutter hatte die Rüge vom Vorjahr nicht vergessen. Als sie alles fein gewürzt und abgeschmeckt hatte, ging sie in selbstloser Überwindung nochmals zum Schrank zurück, holte die Essigflasche und goß noch einen kräftigen Schuß in die Soße.
„Heuer wirds aber genug sein“, sagte sie zu sich selbst und machte sich daran, die Teller und die Bestecke auf den Tisch zu stellen. In diesem Augenblick kam der Großvater in die Küche. Als die Großmutter nochmal den Raum verließ, griff er – eingedenk der Erfahrung des letzten Jahres – geschwind zur Essigflasche und kippte ebenfalls einen zusätzlichen Schuß in die braune Soße.
Die Großmutter kam zurück, und der Großvater machte das unschuldigste Gesicht der Welt.
Im allgemeinen Getümmel, das nun entstand, als die ganze Großfamilie zum Essen in der Küche erschien, gelang es auch meinem Onkel Schorsch, mit einem Augenzwinkern zu seinem Bruder Konrad, einen Guß aus der Essigflasche in den Soßentopf zu kippen; denn er hatte dies mit den anderen Geschwistern so abgesprochen.
Nach dem Tischgebet füllten alle die Teller. Der erste Bissen in Großvaters Mund ließ ihn blaß werden. Donnerwetter, das war ja der reinste Essigsud! Verstohlen blickte er zur Großmutter, die mit aufgerissenen Augen den ersten Löffel hinunterwürgte. Der Onkel Schorsch wechselte mit seinen Geschwistern einen bedeutungsvollen und verschwommenen Blick, da ihm von der unerwarteten Schärfe das Wasser in den Augen stand.
Die Großmutter dachte bei sich:

„O heilichers Gott! Wor ich denn vo alla gutn Geister verlossn, wie ich nuch an Essig dazugschütt hob?"
Dem Großvater, ganz in sich gekehrt, ging es durch dem Kopf:
„Ich olter Esl! Etzt hob ich mit meiner Dreingob des ganza guta Essn vo der Murrer versäut!"
Und der Onkel Schorsch dachte bei sich:
„Des wor des letztamol, daß ich nei an Essn pfuscht hob!"
Bloß der Onkel Konrad, der unersättlichste Esser in der Familie, schluckte ohne Gewissensbisse und Einschränkungen einen Kloß nach dem anderen mit entsprechender Menge an Essigsoße hinunter.
Großvater, Großmutter, Schorsch, Konrad und die ganze Großfamilie, niemand sagte ein Wort über die Essigbrühemahlzeit, denn jeder hielt sich ja für alleinschuldig, mindestens aber mitschuldig. Alle schluckten tapfer die dunkle Soße hinunter. Nur wir Kinder, die wir noch nie viel von dem weihnachtlichen Gänsjung gehalten hatten, begnügten uns mit besonders kleinen Portionen und wunderten uns, daß niemand von den Erwachsenen uns ermunterte oder gar zwang, etwas mehr zu nehmen, ja wir brauchten nicht einmal unsere Teller leer zu essen.
Alle versicherten später aber glaubhaft, daß das Gänsjung des folgenden Jahres das beste seit Menschengedenken gewesen sei!

HÄNSEL UND GRETEL IM KARTON

Einige Zeit vor Weihnachten fertigten in der Schule die Mädchen im Hauswirtschaftsunterricht kleine Lebkuchenhäuschen. Das Backwerk wurde so geschnitten, zusammengefügt und mit Zuckerguß bestrichen, daß ein hübsches winterliches Hexenhäuschen entstand.

Als Barbara ihr kleines Kunstwerk mit nach Hause brachte und den Eltern zeigte, wurde sie gebührend gelobt. Das kleine Gebilde sollte die Oma als Weihnachtsgeschenk erhalten.

Die große Bewunderung, die ihrem kleinen Häuschen zuteil geworden war, ließ in Barbara den Plan reifen, für die Eltern ein großes Hexenhaus als Weihnachtsüberraschung zu fertigen.

In der Tat gelang ihr ein ganz großartiges Werk. Das Haus selbst bestand aus vielen Einzelheiten. Ziegel, Kamin, Tür und Fenster mit Läden konnte man da bewundern. Die Fenster wurden gar von innen mit einem Lämpchen erhellt. Vor dem Haus war ein Brunnen zu sehen, ein Stall mit Gitterstäben und sogar ein Backofen waren aus Lebkuchenteig errichtet worden. Das ganze Haus umgab ein gebackener Zaun, und mehrere große Tannenbäume zeigten an, daß es sich um ein Hexenhaus im finstern Wald handelte.

Als besondere Attraktion hatte Barbara auch noch eine Hexe aus Teig gebacken und mit buntem Zuckerguß bemalt. Ebenso waren Hänsel und Gretel entstanden, und es bevölkerten sogar eine schwarze Katze und ein Rabe die süße Idylle.

Das ganze Kunstwerk war dick durch weißen Zucker in eine Winterlandschaft verwandelt worden, zu der die Rauchfahne aus Watte paßte, die aus dem Schlot hervorquoll.

Damit man aber auch eine Vorstellung davon bekam, wo man das Hexenhaus zu suchen hätte, hatte Barbara auf einem großen weißen Karton eine Hintergrundlandschaft gemalt. Darauf konnte man sehr schön den Judenhof von Tüchersfeld erkennen. So war das Hexenhaus eine kleine Sehenswürdigkeit geworden. Barbara wurde von allen ob des gelungenen Lebkuchenhauses sehr gelobt und jedem, der zu Besuch kam, wurde das kleine Kunstwerk gezeigt.

Nur eines, was eigentlich doch vorgesehen war, trat nicht ein. Niemand wagte es nämlich, etwas aus dem kunstvollen Gebilde herauszubrechen und zu essen. Sogar Barbaras kleiner Bruder Heini, der sonst nichts unberührt ließ, brachte es nicht übers Herz, etwas abzubrechen und zu verspeisen. Dazu verhalf freilich die Tatsache, daß es zur Weihnachtszeit an Plätzchen und anderen Süßigkeiten nicht mangelte.
Als aber am Ende der Ferien der Christbaum abgeräumt wurde, stellte sich die Frage, wohin nun mit Barbaras süßem Winterkunstwerk. Der Vater hatte schließlich einen brauchbaren Vorschlag:
„Wenn es schon nicht gegessen wird, dann können wir es doch – wie die Krippe auch – in einem Karton aufheben und im nächsten Jahr – wie eben die Krippe auch – wieder aufstellen."
Der Vorschlag gefiel. Das Hexenhäusel wurde zusammen mit der Krippe weggeräumt, in einer Pappschachtel verwahrt und auf dem Dachboden abgestellt.
Das ganze Jahr über ruhte es dort und niemand kam auf die Idee, einmal nachzuschauen. Nur kurz vor der Adventszeit, als Barbara sich gerade überlegte, welche Weihnachtsgeschenke sie heuer anfertigen wollte, da fiel ihr natürlich das Hexenhaus vom Vorjahr ein, und sie entschloß sich, auf dem Boden droben nachzusehen.
Jeder Dachboden in einem Bauernhaus ist ein merkwürdiger Ort. Dort befinden sich lauter Dinge, die man nicht mehr oder nur sehr selten braucht und doch nicht wegwirft. Sie bilden eine geheimnisvolle Welt für sich, und jeder kennt den Zauber, der von alten Kleidern, Hüten, Geräten, Gefäßen oder gar alten Waffen ausgeht, die in wurmstichigen Möbeln ihrer Auferstehung harren. Denn wer dort oben zwei Generationen überlebt, der hat eine große Chance, als Antiquität ins Leben der unteren Geschoße zurückzukehren, gepflegt und konserviert, wertvoller als je zuvor.
Das Hexenhaus würde wohl nicht dazu gehören.
Den alten Gegenständen widmete aber Barbara ihre Aufmerksamkeit heute nicht. Zielstrebig lief sie mit ihrer Taschenlampe an dem Gerümpel vorbei auf den Karton in der hinteren Ecke zu, der ihr Hexenhaus bergen mußte. Dort angekommen, öffnete sie den Klappdeckel und wäre beinahe zu Tode erschrocken, als sie hineinblickte. Dort huschte etwas über das Dach des Hexenhauses und verschwand blitzschnell in einem Fensterchen.
Barbara hatte nicht erkennen können, was das war. Sie stieß einen kleinen

Schreckensschrei hervor, warf den Deckel zu und rannte hinunter.
Es dauerte eine ganze Weile, bis sie sich soweit gefaßt hatte, daß sie ruhig überlegen konnte.
Kleine Gespenster konnten das Haus ja wohl nicht bewohnen, denn die gab es ja gar nicht. Wenn es aber doch vielleicht Zwerge oder Wichtel, Däumlinge oder Heinzelmännchen, Trolle oder Schlümpfe waren, die dort Einzug gehalten hatten? Eigentlich war Barbara klar, daß es auch diese Geschöpfchen alle nicht in Wirklichkeit, sondern nur in Märchen und Geschichten gab. Bei längerem Nachsinnen war sie sich dann aber doch nicht mehr so ganz sicher.
Schließlich überwog in dem Mädchen die angeborene Neugierde. Hatte sie beim ersten Versuch im Halbdämmer des Dachbodens ihre Taschenlampe gar nicht eingeschaltet, so tastete sie sich nun sehr langsam und vorsichtig im Lichtkegel des Lämpchens an den Karton heran.
Sie erkannte nun, daß an der Seitenwand der Schachtel ein kleines Loch gebohrt war. Dort lagen auch einige Schnipsel der Kartonage. Nun war klar, sie hatte sich nicht getäuscht, das Hexenhaus war bewohnt, und die Bewohner hatten sich einen Zugang durch die Wand des Kartons geschaffen.
Barbara überlegte nochmals, welche Art von kleinen Wesen das wohl sein könnten, und die Angst, die in ihr aufstieg, wollte sie schon veranlassen, wieder schleunigst davonzulaufen. Doch sie überwand die Angst. Sie blieb und zielte mit dem Schein ihrer Lampe auf das Loch im Pappkarton. In diesem Augenblick geschah etwas Unheimliches. In dem Loch erschien ein kleines, schwarzglänzendes Etwas und verschwand wieder, bevor Barbara genau erkennen konnte, um was es sich da handelte.
Instinktiv löschte sie die Lampe. Sie konnte sich nicht von der Stelle bewegen, sie hatte vor Aufregung fast vergessen zu atmen.
Als sich Ihre Augen völlig an das Dämmerlicht gewöhnt hatten, erblickte sie abermals etwas an dem Kartonloch. Der kleine schwarze Fleck erschien wieder, schob sich durch das Loch nach außen, und nun konnte Barbara endlich erkennen, was es war. Es war die Nase eines Mäuschens. Barbara sah, wie der Mäusekopf mit den dunklen Äuglein durch das Loch kam, und schließlich saß das ganze Tierlein vor der Öffnung. Es schnupperte ein wenig nach verschiedenen Seiten, dann verschwand das

Mäuslein wieder in der Schachtel.
Barbara stand immer noch wie angewurzelt. Da vernahm sie ein leises Rascheln und sah, wie die Maus wieder zum Vorschein kam und gleich dahinter eine zweite. Die Vorstellung dauerte nicht lange, da huschten die beiden Geschöpfchen wieder in ihre Behausung zurück.
„Aha", sagte Barbara zu sich selbst, „so sehen Hänsl und Gretl also jetzt aus!"
Mit diesem Satz hatte sie den Tierchen Namen gegeben.
Sie entschloß sich, die Tiere nun öfters zu besuchen und zu beobachten und niemand in ihr Geheimnis einzuweihen.
Der Familie durfte sie deshalb nichts mitteilen, weil sie befürchten mußte, daß sofort Jagd auf das Mäusepärchen gemacht würde.
Je öfter sie nach den Mäusen am Boden droben sah, desto sicherer war sie sich, daß sie die beiden in ihren Schutz nehmen müsse. Und hatte sie sich vielleicht bei der ersten Begegnung darüber geärgert, daß ihr Kunstwerk auf diese Weise mißbraucht wurde, so war sie jetzt davon überzeugt, daß das Hexenhäusl gar keine bessere Nutzung haben könnte als eben diese jetzt. Und in der Tat, die Mäuse schienen zu fühlen, daß Barbara ihnen nichts Böses wollte.
Bald, wenn das Mädchen ein kleines Käsebröcklein vor das Loch legte, kamen die Tiere heraus, schnappten den Leckerbissen und verschwanden. Nach einigen Tagen verzehrten sie sogar die Sonderrationen vor dem Karton, und es schien, daß sie sich an die häufige Anwesenheit des Mädchens gewöhnt hatten.
Barbara hütete ihr Geheimnis. Niemand hatte etwas davon gemerkt. Aber nun wurde es brenzlich. Bei Tisch sagte der Vater so nebenbei, daß er am Boden droben Mäusedreck entdeckt habe und er dort oben Mäusefallen aufstellen werde.
Barbara war wachsam. Jedesmal, wenn der Vater seine beiden Fallen auf dem Boden aufgestellt hatte, schlich sie sich danach ebenfalls auf den Dachboden und brachte die Fallen mit einem Stöckchen zum Zuschnappen. Vater wunderte sich, daß er niemals eine tote Maus unter den Metallbügeln fand!
So kam der Advent heran, Barbara kam fast täglich mit etwas Futter zu dem Mäusepaar auf den Dachboden. Inzwischen hob sie auch jedesmal den Klappdeckel der Pappschachtel auf und schaute in das Innere des Mäusereiches. Die Tierlein waren so zahm geworden, daß sie sich von Barbara bei ihrem Tun nicht mehr stören ließen.

Sie boten zumeist einen höchst possierlichen Anblick. Die Mäuse liefen auf dem Lebkuchengelände herum, verschwanden im Hexenhaus, kletterten über das Dach, stiegen auf die Tannenbäume und benahmen sich eben wie jemand, der im Schlaraffenland lebt. Die Spuren ihres Appetits waren von mal zu mal deutlicher zu sehen.
Von dem Zuckerhänsel und der Zuckergretel standen nur noch die Schuhe vor dem Haus. Der Rabe und die Katze waren längst völlig vertilgt, und das Lebkuchenhaus sah aus, als habe eine Naturkatastrophe im Märchenwald gewütet. Der Kamin war umgestürzt, das Dach teilweise abgedeckt, die Fenster waren zu großen Löchern erweitert. Lange konnte es nicht mehr dauern, dann müßte das Haus einstürzen.
Am schlimmsten war es der alten Hexe ergangen. Das Mäusepaar hatte sie total verzehrt, nur ein Teil des Kopfes mit der langen Nase lag als schrecklicher Rest am Boden.
Als Weihnachten näher kam, brachte die Mutter einmal das Gespräch auf den Heiligen Abend. Dabei meinte sie, daß sie hoffe, daß Barbaras schönes Hexenhaus das Jahr gut überstanden habe und daß sie sich schon darauf freue, wenn es wieder unter dem Christbaum stünde. Barbara sagte nichts, obwohl sie es besser wußte. Sie wurde rot, als ob sie bei einer Lüge ertappt worden wäre.
Als sie am Abend wieder heimlich zu ihren Freunden auf den Dachboden stieg, bemerkte sie, daß das Dach des Hexenhauses ein riesiges Loch aufwies und auf einer Seite eine Hauswand so weit aufgefressen war, daß sie einbrach.
„Lange wird's nun nicht mehr dauern, dann ist es aus mit euerem schönen Leben hier. Ach Hänsl und Gretl, wenn ihr so weiter freßt, dann ist das Märchen bald zu Ende!"
Barbara seufzte, aber die Mäuse schien das nicht zu beeindrucken, es gab keine Panik, keine Weltuntergangsstimmung. Sie hatten aus der Rauchwatte des Schornsteins ein Nestchen gebaut und sahen mit ihren schwarzen Äuglein ahnungslos aus der Ruine zu ihrer Freundin hinauf. Ob sie Nachwuchs bekommen hatten? Barbara traute sich nicht nachzusehen.
Nun, in der Woche vor Weihnachten war nicht nur das Hexenhaus fast ganz vertilgt, auch die Tannen hatte das große Waldsterben erfaßt. Hänsel und Gretel kletterten indessen vergnügt über die Trümmer ihres Paradieses.

Am Tag vor dem Heiligen Abend sah Barbara nach. Als sie den Pappkarton öffnete, waren nur ganz kümmerliche Reste der einstigen Lebkuchenpracht zu erkennen. Mitten in der Wüstenei befand sich unversehrt das leere Mäusenest. Hinter dem kahlgefressenen Lebkuchenparadies stand schön und unbeschädigt Barbaras Hintergrundbild, die Burg von Tüchersfeld. Aber Hänsel und Gretel, das Mäusepaar, war verschwunden.

Als die Mutter am Nachmittag des Heiligen Abends mit dem leeren Karton vom Dachboden kam, da wunderte sich die ganze Familie, daß Barbara die Vernichtung ihres Lebkuchenidylls so gelassen hinnahm, ja sie schien fast darüber belustigt zu sein.

Barbaras Bruder bekam vom Christkind ein Bilderbuch mit dem Märchen von Hänsel und Gretel darin. Barbara mußte es dem kleinen Heini vorlesen.

Das Ende des Märchens lautete so:

Als die Hexe im Ofen schmorte, gab es ein mächtiges Getöse, und das ganze Hexenhaus war wie vom Erdboden verschluckt. Da fielen sich Hänsel und Gretel um den Hals, nahmen die Schätze der alten Hexe an sich, verließen den Wald und liefen glücklich nach Hause. Und wenn sie nicht gestorben sind, dann leben sie noch heut.

Barbara schloß das Märchenbuch.

Sie sah ihrem kleinen Bruder fest in die Augen und sagte überzeugt:

„Ja, Hänsl und Gretl leben noch. Ich weiß das ganz sicher!“

DAS WEIHNACHTSWUNDER DER OTTILIE

Als sich der alte Johann und seine Eva für ein paar Tage über Weihnachten zu ihrer Tochter nach Kersbach begaben, da wußten sie noch nicht, daß dies ein Opfergang zur heiligen Ottilie werden sollte.

Eine ihrer Töchter hatte vor fünfzehn Jahren schon vom Jura herunter nach Kersbach geheiratet, und wie es halt bei den Bauersleuten so ist, zu gegenseitigen Besuchen bleibt während des Arbeitsjahres nicht viel Zeit. Als aber die Tochter mit ihren Kindern ihre Eltern zur Kirchweih besucht hatte, mußten die beiden Alten versprechen, über die Weihnachtsfeiertage zu Tochter, Schwiegersohn und Enkelkindern nach Kersbach auf Besuch zu kommen.

Sie hatten eine Weihnachtsgans mitgebracht und sonst noch allerlei Geschenke zum Christfest.

Kaum waren sie am Heiligabend bei der Tochter in Kersbach angekommen, da hatte die fromme Oma gebeten, sie möchte gerne einmal wieder die schöne Pfarrkirche besuchen, denn in der Nacht bei der Christmette, da wäre es doch zu dunkel, um die bekannte Kirche mit all ihren Altären und Heiligenfiguren genau betrachten zu können. Außerdem könne man ja während des Gottesdienstes nicht einfach so herumschauen. Theresia, die älteste Enkelin, erbot sich sofort, die Großmutter und den Großvater zu führen. Sie war über die Kirche und ihre Geschichte bestens im Bilde, hatten sie doch alles Wissenswerte gerade erst in der Schule gehört.

Man mußte nicht weit gehen. Der wuchtige gotische Turm mit seiner barocken Haube ragte wie ein mächtiger Gendarm mit Pickelhaube über die Dächer der Dorfhäuser empor. Als die kleine Gruppe vor der Kirche stand, zeigte Theresia am Turm und an der Westfassade die Figuren der Kirchenpatronin, der heiligen Ottilie.

Die Ottilie war den Großeltern nicht sonderlich bekannt, und Theresia hatte Gelegenheit, ihr Wissen über die Heilige wortreich anzubringen.

Die Heilige stammte aus dem Elsaß und war blind geboren worden. Nach der Überlieferung wurde sie jedoch während ihrer Taufe sehend. Sie wirkte später segensreich als Äbtissin eines Klosters auf der Hohburg, wo sie im Jahr 720 gestorben ist.

Als Kaiser Karl IV. im 15. Jahrhundert seine berühmte Karlsburg in Böhmen erbauen ließ, richtete er sich dort einen großen Reliquienschrein ein. In diesem Schrein wollte er mit anderen zusammen auch eine Reliquie der heiligen und wundertätigen Ottilie verwahren. Deshalb ließ der Kaiser einen Unterarmknochen Ottiliens durch eine Eskorte von Kriegsknechten und begleitet von einer Schar von Priestern über den Rhein quer durch das Reich bis nach Böhmen bringen. Dieser Zug mit der Reliquie der Heiligen verbrachte eine Nacht in der sicheren Obhut der fränkischen Kirchenburg Kersbach. Zum Dank für den gewährten Schutz und für die Beherbergung ließ man ein kleines Teilchen von dem Ottilienknochen in Kersbach zurück. Bald kamen fromme Beter aus der nahen und weiteren Umgebung nach Kersbach zur wundertätigen Ottilie. Besonders Leuten mit Augenleiden hatte die Anrufung der Heiligen wundersame Heilung gebracht. Schlimme Erkrankungen und Verletzungen der Augen waren nach Fürsprache der Ottilie geheilt worden, mancher, der schon geglaubt hatte, erblinden zu müssen, erhielt seine Sehkraft in der Pfarrkirche von Kersbach zurück.

Dies alles und noch mehr erzählte Theresia ihren staunenden Großeltern. Die beiden Alten waren sehr beeindruckt, und im Inneren der Kirche kniete Großmutter Eva vor dem Bildnis der heiligen Ottilie nieder und betete ein Vaterunser mit der Bitte, die Heilige möge ihrem Johann und ihr die schon etwas schwächer werdende Sehkraft noch lange erhalten.

Am Abend – lange nach der Bescherung – machte sich die ganze Familie auf, um zur Mette in die Kirche zu gehen. Zuvor hatte sich die Großmutter vor den Spiegel gestellt, um ihrem Kopftuch, das sie zu ihrer schönen alten Tracht trug, den rechten Sitz zu geben. Auch der Großvater stellte sich kurz vor den Spiegel, um sein Halstuch und den Mantelkragen zu richten. Beide hatten zu diesem Zweck ihre Brillen abgenommen und auf die Konsole unter dem Spiegel gelegt.

Der Schwiegersohn und die Kinder standen schon ungeduldig vor dem Haus, die Tochter hielt die Haustür auf; man war in Eile. Da griffen der Großvater und die Großmutter nach den Brillen; er steckte sie in die Manteltasche, die Großmutter verstaute die Brille in ihrer Handtasche. Und eilig marschierte die ganze Familie durch die klirrend kalte Nacht zur Kirche.

Was die Großeltern nicht bemerkt hatten war der Umstand, daß in der Eile jeder des

anderen Brille an sich genommen hatte. Da beide Brillen das gleiche Metallgestell der Ortskrankenkasse hatten, war eine solche Verwechslung schon mal möglich.
In der Kirche angekommen, suchten sie sich Plätze in den Bänken nahe der Ottilienstatue. Die Christmette begann, die Gebetbücher wurden hervorgenommen und die Brillen aufgesetzt. Großvater und Großmutter suchten nach den Zahlen, mit denen für alle sichtbar bekanntgegeben wird, welches Lied und welche Strophe im Gesangbuch nun gemeinsam gesungen werden sollen. Die beiden Alten starrten nach vorn, jeder sah nur sehr verschwommen die leuchtende Tafel, keiner von ihnen konnte eine Nummer lesen. Der Johann beugte sich zu seiner Eva hinüber:
„Wos für a Nummer is denn vorn ogebn?"
„Ich kos selber net sehng", flüsterte sie zurück.
Theresia half ihnen.
„585", wisperte sie den Großeltern zu.
Als sie nun aber in den Gebetbüchern die angesagte Liednummer suchen wollten, da war das für beide außerordentlich schwierig. Die 5 konnte auch eine 3 sein, und die 8 erschien ihnen nur wie ein länglicher Klecks.
Der Großvater hob die Brille etwas an und blinzelte unter den Gläsern durch. Er hielt dabei das Buch von sich weg, so weit es seine Armlänge ermöglichte. Die Großmutter wischte verstohlens über die Gläser, da sie vermutete, diese seien angelaufen. Dann zwickte sie die Augen etwas zusammen, hielt das Gesangbuch schräg zur Seite und versuchte auf diese Weise, das verschwommene Bild etwas schärfer zu machen. Die Versuche nützten aber wenig.
Mit etlicher Mühe hatten sie schließlich die richtige Seite aufgeschlagen. Als nun der Gesang der Gemeinde einsetzte und die Orgeltöne voll durch den Kirchenraum dröhnten, konnte keiner der Großeltern die kleine Schrift lesen, geschweige denn die Noten verfolgen.
Jeder von den beiden Alten bemerkte die Unsicherheit des anderen, und als sie sich gegenseitig hilfesuchend ansahen, da erkannten sie ihre vertrauten Gesichter kaum mehr. Jeder blickte gleichsam durch dunkle Nebelschwaden zum andern hin. Wie Hohn erklangen die Verse des Liedes an ihre Ohren:
Heiligste Nacht! Heiligste Nacht! Finsternis weichet, es strahlet hernieder schöner als jemals die Sonne erhellt...

Nichts erhellte ihre Blicke, weder Sonne noch die Kerzen.
Da meinte die Großmutter, sie habe einen Augensturz erlitten. Was das eigentlich war, wußte sie selber nicht so genau. Sie hatte nur davon gehört, daß es sowas gibt, daß jemand in wenigen Augenblicken plötzlich und überraschend sein Sehvermögen einbüßt oder doch jedenfalls einen Teil davon. Verstärkt wurde ihre Unsicherheit dadurch, daß ihre Augen etwas zu tränen begannen, teils verursacht von einer Reizung, teils durch die Angst, die in ihr aufstieg.
Während die Großmutter dennoch die ganze Mette hindurch versuchte, gegen das Übel anzukämpfen, resignierte der Großvater beim ersten Lied. Er schob das Gesangbuch zur Seite und brummte, soweit seine Textkenntnisse dies erlaubten, O du fröhliche... Stille Nacht, heilige Nacht... und andere Weihnachtslieder so recht und schlecht mit. Nach einer Weile nahm er die Brille ganz ab und verstaute sie wieder in seiner Manteltasche. Nun kam er langsam besser zurecht. Zwar empfand er noch einen ungewohnten, schmerzhaften Druck in seinen Augen, aber auch der ließ langsam nach.
Als endlich die Orgel mit mächtigen Schlußklängen das Ende der Christmette anzeigte und die Menschen sich zu den Türen hinausschoben, nahm die Eva ihren Johann bei der Hand und dirigierte ihn sanft aber bestimmt zur Statue der heiligen Ottilie. Dort kniete sie nieder und betete inbrünstig darum, daß die Heilige als Schutzpatronin aller Sehbehinderten ihr und ihrem Mann doch dazu verhelfen möge, die alte Sehkraft zurückzugewinnen.
„Helf mir, helf uns, heilicha Ottilie; ich spend dir a a schöna Kerzn!"
Mit diesen Worten beschloß sie ihr Bittgebet. Dann, bevor sie den Kirchenraum verließen, nahm sie die unnütze Brille ab und steckte sie in ihre Handtasche.
Bei der Tochter angekommen, wollten die Großeltern gleich ins Bett. Sie jammerten noch ein bißchen über ihre Augen, die ausgerechnet in der Kirche der Ottilie so arg nachzulassen begonnen hatten.
„Och, wennsta olt werst, dann läßt halt alles noch. Ober daß unsera Agn zu gleicher Zeit auf amol so schlecht werdn, des is scho eignortig. Wenn des so weitergeht, nochert wern mer bald alla zwa gor nix mehr sehng!"
Gejammer dieser oder ähnlicher Art waren die Tochter und auch die Enkel von den alten Leuten gewöhnt, und so nahm die besondere Situation der beiden Alten auch

niemand besonders tragisch.
„Werst sehng, morgn gehts wieder besser“, tröstete die Tochter etwas obenhin die Mutter, als die beiden Alten sich in ihre Schlafstube zurückzogen. Bevor sie ins Bett gingen, legten sie natürlich ihre Brillen wieder auf der Spiegelkonsole ab.

Vor dem Einschlafen riefen sie nochmals die Heilige an und beteten gemeinsam um die Erhaltung ihres Augenlichtes. Bald aber schnarchte der Johann, und auch der Eva fielen die gemarterten Augen schließlich zu.

Anderntags beim Frühstück entdeckten die Großeltern überrascht, daß sie eigentlich alles, was da auf dem Tisch stand, gut sehen konnten. Es war wie ein Wunder! Um das klar zu demonstrieren, holte der Großvater das Gebetbuch, und jeder gab durch das Vorlesen einer Liedstrophe zu erkennen, daß sich die Sehkraft über Nacht tatsächlich wieder eingestellt hatte. Weiß Gott, ein Wunder, das man nur der heiligen Ottilie zu verdanken hatte. Eine andere Erklärung gab es nicht!

Die Enkelkinder waren sehr beeindruckt, der Schwiegersohn wußte nicht recht, was er von der ganzen Sache halten sollte, denn schließlich wird man nicht alle Tage Zeuge eines Wunders. Die Tochter meinte abschließend:

„No, wos hob ich gsocht? Om annern Toch is alles nur noch halb so schlimm!“

Wenn die heilige Ottilie mit diesem Weihnachtswunder überhaupt etwas zu tun gehabt hat, dann nur dies, daß sie den beiden Alten am 1. Weihnachtsfeiertag vielleicht dazu verholfen hat, daß jeder wirklich wieder seine eigene Brille auf der Nase trug.

Da diese einfache Lösung aber niemand erahnte, blieb es halt bei einem kleinen Wunder, das man in der Familie noch lange mit Ehrfurcht weitererzählt hat.

Bevor der Johann und seine Eva wieder in ihr Juradörflein zurückkehrten, stifteten sie eine große Opferkerze zu Ehren der heiligen Ottilie, der wundertätigen Augenheilerin aus dem fernen Elsaß, die am Rande der Fränkischen Schweiz noch auf wundersame Weise Menschen hilft, wenn sie ein Problem mit ihren Augen haben. Welches auch immer!

DER SCHUSS AM HEILIGEN ABEND

Freilich gibt es auch in Franken böse und gefährliche Leute, und einer von diesen sollte auf seltsame Art und Weise ausgerechnet an einem Heiligen Abend eine schlimme Überraschung für unsere Familie, insonderheit aber für meinen lieben Vater verursachen.
Der Bösewicht war der berüchtigte Posträuber Heym, der Ende der zwanziger Jahre sein Unwesen in Franken trieb.
Dieser auf Postraub spezialisierte Verbrecher wurde wegen seiner Gefährlichkeit von der Polizei landesweit verfolgt und gejagt. Zuletzt suchte er Zuflucht in den großen Wäldern der Fränkischen Schweiz bis hinauf zum Maingebiet. In diesem Bereich lag auch die Tierarztpraxis meines Vaters.
Es war an einem Heiligen Abend, als ein Telefonanruf meinen Vater aus dem trauten Familienkreis abrief. Eine kalbende Kuh brauchte dringend den tierärztlichen Geburtshelfer. An solche Störungen unseres Familienlebens waren wir alle gewöhnt. Papa mußte seiner tierärztlichen Pflicht nachkommen, wenn er gerufen wurde, auch wenn es am Heiligen Abend war.
Zu dieser Zeit hatte er keine Kutsche und kein Pferd mehr und noch kein Auto. Er erledigte seine Praxisfahrten mit einem Fahrrad.
Er packte also sein Arztköfferchen auf den Gepäckträger und steckte sich seinen alten Trommelrevolver, geladen mit sechs Schuß Munition, in die Tasche. Er mußte ja durch das Waldrevier fahren, in dem sich dem Vernehmen nach der Posträuber gerade aufhielt.
Freilich, geschossen hatte Papa mit dem Revolver wahrscheinlich seit ewigen Zeiten nicht mehr, ein geübter Schütze dürfte er auch nie gewesen sein. Aber irgendwie gab ihm die Waffe doch eine gewisse Sicherheit.
Die Karbidlampe am Fahrradlenker erleuchtete den Weg nur schwach. Die Straße durch das freie Tal war eine ungefährliche Strecke, danach aber, als er abgebogen war, um auf die Jurahöhe zu kommen, nahm der riesige, dunkle Wald den nächtlichen Radler auf.
Papa erzählte später, wie unheimlich ruhig der Wald gewesen sei. Es lag in diesem

Jahr noch kein Schnee, aber der Boden war schon hart gefroren.
Die riesigen Tannen säumten wie schwarze Türme den Rand der schmalen Straße, an deren Rändern braune Gräser vom Rauhreif überzogen wie kleine weiße Spieße standen. Angestrengt lauschte Papa in die schweigsame Finsternis. Nach etwa einem Kilometer Waldfahrt stieg die Schotterstraße steiler an. Mein Vater merkte es daran, daß er nun schwerer in die Pedale steigen mußte. Der Lichtschein der Karbidlampe tanzte wie ein kleines Irrlicht vor ihm her. Bald mußte Papa absteigen. Er schwang das Bein über den Sattel.
In diesem Augenblick geschah es.
Ein Schuß peitschte durch die Nacht. Mein Vater verspürte einen harten Schlag am Oberschenkel, er war getroffen! Das Rad fiel um, Papa stürzte auf die Straße. Mit schnellem Griff faßte er in die Hosentasche und riß den Revolver heraus. Wohin sollte er ihn richten? Er hatte kein Mündungsfeuer gesehen. Ob Heym ein zweites Mal schießen würde? Papa blieb eine kurze Weile liegen und starrte in die Finsternis. Nichts rührte sich. Der Wald blieb still, die Nacht blieb finster und ruhig.
Mein Vater merkte, wie sein Oberschenkel warm und feucht wurde. Er mußte stark bluten! Er überlegte. Sollte er die erloschene Radlampe wieder anzünden, um seine Schußwunde wenigstens notdürftig versorgen zu können? Das würde aber bedeuten, daß er sich dem Räuber als beleuchtete Zielscheibe aussetzen müßte.
Die starke Blutung ließ ihm keine Wahl. Er zündete das Fahrradlicht an und sah die Bescherung. Sein rechter Oberschenkel war von oben nach unten von einem etwa acht Zentimeter langen Schußkanal aufgerissen, an dessen Ende das Projektil im Muskel verschwand. Das Kniegelenk war jedenfalls nicht in Mitleidenschaft gezogen worden. Als er diese Diagnose im matten Schein der Radlampe gestellt hatte, war ihm auch klar geworden, woher der Schuß gekommen war.
Beim Absteigen hatte sich der Schuß aus seinem eigenen Revolver in der Tasche gelöst! Offensichtlich war die Waffe nicht richtig gesichert, als er sie einsteckte. An diesem Schuß war der Posträuber jedenfalls nur sehr entfernt schuldig!
Papa versorgte seine Wunde mit Verbandsmaterial aus seiner Doktorstasche und schleppte sich mit großer Energie noch etliche Kilometer durch den nächtlichen Wald bis zu dem Dorf, wo die Bauern ihn längst erwarteten.
Als er dort ankam, löschten die Bauern gerade das Licht im Stall und sagten zu ihm:

„Jetzt hätten Sie nimmer kommen brauchen, Herr Doktor, die Kuh hat von allein gekälbert!"

„Ich hätte ihr auch nicht helfen können", erwiderte Papa, „ich brauch selber Hilfe."

Die Bauern luden Stroh auf einen Wagen, spannten einen Ochsen an, packten meinen verletzten Vater auf die Fuhre und karrten ihn nach Hause. Als die seltsame Ladung daheim vorfuhr, graute bereits der Tag, die Kirchenglocken läuteten den Weihnachtsfeiertag ein.

Sofort wurde der Kollege von der Humanmedizin geholt, und da es sich glücklicherweise nur um eine Fleischwunde handelte und er das Geschoß relativ schnell entfernen konnte, beschloß man, den Vater daheim zu belassen. Für uns Kinder war das Unglück, so seltsam das klingen mag, Anlaß zu einer gewisse Freude. Denn ein Vater, der daheim im Bett liegt, der hat Zeit zum Vorlesen und zum Spielen.

Den Räuber Heym hat man übrigens bei einer großen Polizeiaktion nahe dem Dorf Weingarten bei Kloster Banz gefangen, noch ehe Papas Wunde ganz verheilt war.

Viel später, wenn die Familie im Urlaub war, kam es vor, daß Papa in einer riesigen schwarzen Badehose auftrat. Wir Buben wollten dann immer die Schußnarbe sehen und die Geschichte vom Schuß am Heiligen Abend hören.

Papa hat dann stets schmunzelnd die Geschichte zum besten gegeben.

Zugegeben, im ganzen war das schon eine besondere Weihnachtsgeschichte, vor allem auch deshalb, weil sie Papa immer erzählen mußte, wenn er gerade mal die Badehose anhatte.

DER INVALIDE NUSSKNACKER

„Mein Gott, die haben ja schon alles! Man weiß ja gar nicht, was man den Kindern zu Weihnachten noch schenken soll!" stöhnte ein geplagter Patenonkel, der bei einem schnellen Einkauf in der Stadt für sein Patenkind noch eilig irgend ein Geschenk suchte. Da fiel sein Auge auf einen Nußknacker, der in einem Schaufenster seine stramme Figur gebührend zur Schau stellte.

„So was hat er bestimmt noch nicht!" meinte der Patenonkel, und fünf Minuten später war der Nußknacker, kunstvoll in Weihnachtspapier gehüllt, in seinen Besitz übergegangen.

Das Geschenk löste aber nicht die erwartete Freude aus. Das dreijährige Patenkind konnte mit dem martialischen Nußknacker nicht viel anfangen. Unbeachtet und ungeliebt wurde er in eine Ecke gestellt und mußte von dort aus zusehen, wie der kleine Junge den albernen Teddy, die häßliche Schildkröte und selbst das fürchterliche Plastikkrokodil in seine Arme schloß, mit ihnen spielte und sie abwechselnd zu sich ins Bettchen nahm. Nur mit dem Nußknacker wußte der Junge auch an den folgenden Tagen nichts anzufangen.

Das fiel sogar dem Vater auf, und er holte nach den Feiertagen den hölzernen Gesellen aus seiner Ecke hervor. Um ihn etwas interessanter zu machen, öffnete er mit dem langen Hebel an seiner Hinterseite das gewaltige Mundwerk des Nußknackers. Das aufgerissene Maul mit den entsetzlichen, aufgemalten Zähnen flößte dem kleinen Jungen aber auch noch mehr Angst als Freude ein. Und als der Vater den Hebel fallen ließ und der riesige Mund sich mit einem lauten Knacks verschloß, da erschrak das Büblein und war fast dem Weinen nahe. Es half auch nichts, daß der Vater mit verstellter Stimme sprach und dazu dem großen Nußknacker den Mund öffnete und schloß, als ob dieser sprechen würde. Das Büblein zeigte sich weiterhin verängstigt. Da fiel dem Vater eine letzte Möglichkeit ein, das Patengeschenk interessant zu machen.

Er holte einige Nüsse, um zu demonstrieren, daß der Nußknacker, wenn schon kein liebenswerter, so doch ein nützlicher Geselle sei. Er riß mit dem Rückhebel das Nußknackermaul weit auf, schob eine Nuß hinein und drückte den Hebel schlagartig

nach unten, so daß das Maul sich schließen mußte.
So war es zumindestens gedacht. Nur war der Nußknacker offensichtlich materialmäßig mangelhaft ausgerüstet worden. Zwar knackte es beträchtlich, doch es war nicht die Nuß, die mit diesem Krach zerbarst, sondern es zerbrach die Achse des Maulhebels! Die Nuß steckte unbeschädigt im aufgerissenen Maul, die Kinnlade aber hing dem Nußknacker fortan schief im Kopf!
Da gab es auch der Vater auf, das Geschenk des Patenonkels beliebt machen zu wollen. Er stellte den beschädigten Nußknacker am Fensterbrett im Eck ab. Der kleine Bub aber setzte den Teddy auf die Schildkröte und schob mit dem Krokodil das seltsame Reiterpaar in Richtung Bettchen fort. Dem schiefmäuligen Nußknacker schenkte er keinen Blick mehr.
Als die Schlafenszeit gekommen war, durften alle drei Tiere auf dem Kopfkissen Platz nehmen. Das kleine Ärmchen umfing beim Einschlafen alle drei Spielgefährten.
Um Mitternacht – wenn bekanntlich die Spielsachen sprechen können – vernahmen zuerst der Teddy, dann die Schildkröte und schließlich sogar das Plastikkrokodil ein lautes Schniefen aus der Fensterecke.
Die drei wisperten zuerst miteinander, schließlich faßte sich das Krokodil ein Herz und fragte mit scheppernder Stimme zum Fensterbrett hin:
„Nußknacker, bist du das, der da so heult?"
Ein Klagelaut aus der Ecke sagte ihnen, daß sie richtig vermutet hatten.
„Was gibt es denn da zu flennen?" wollte der Teddybär wissen. Und die Schildkröte, die im allgemeinen als sehr schweigsam bekannt ist, raffte sich auf und fragte:
„He?"
Wieder hörten die drei zunächst nur ein Schluchzen vom Fensterbrett her, dann aber vernahmen sie die knarrige Stimme des Nußknackers:
„Ich", knarrte es, „ich bin soooo unglücklich! Knack! Der Junge mag mich nicht. Knack! Und die großen Leute können mich zu nichts gebrauchen. Knack! Und mit meinem verletzten Mund sehe ich ja schlimm aus! Knack! Knack!"
Und dann hörte man nur noch ein lautes Gesusel aus der Fensterecke.
„Nun hör aber auf", rief der Teddy, „du flennst da rum wie ein altes Waschweib, dabei bist du doch ein strammer Mann in Uniform! Echte Männer heulen doch nicht!"

Diese Rede schien gewirkt zu haben, denn der Nußknacker schluchzte nur noch ein paarmal verhalten, dann war es still.
„Also!" bemerkte die Schildkröte trocken.
„Weißt du, Nußknacker", hörte man da das Krokodil sagen, „wenn man so aussieht wie du, dann kann man doch nicht erwarten, daß man geliebt wird!"
Darauf reagierte der Nußknacker aber heftig:
„Was? Knack! Und das sagt ausgerechnet das häßliche Krokodil zu mir? Knack! Ausgerechnet du mit deinem scheußlichen Gebiß und deiner schuppigen Lederhaut! Knack!"
Bei dem Wort Lederhaut fühlte sich auch die Schildkröte angesprochen, und sie protestierte lautstark:
„Oho!" und nochmals „Oho!"
Der Teddy wollte nicht, daß man sich noch weiter gegenseitig beleidigte und kränkte und versuchte einzulenken:
„Na ja, warum sie einen mögen oder nicht, das wissen nur die kleinen Kinder selber. Aber ehrlich, Nußknacker, ich möchte auch nicht mit dir ins Bett gehen, obwohl du eigentlich ein recht ansehnliches Mannsbild bist."
Der Nußknacker war schon wieder dem Weinen nahe und fragte zurück:
„Und was hättest du dann an mir auszusetzen? Knack!" –
„Ach, weißt du", antwortete der Stoffteddy, „deine ganze Erscheinung ist schon recht wenig liebenswürdig. Dein strenger Blick, deine Schnapsnase in deinem Kugelkopf, deine vielen weißen Zähne, überhaupt dein ganzes gewaltiges Mundwerk, das wirkt nicht sonderlich anziehend, was du doch selber zugeben mußt, wenn du ehrlich bist. Dazu bist du bocksteif und aus hartem Holz gemacht. Das einzige, was weich an dir ist, das ist dein Bart aus Hasenfell, und der wackelt so bedrohlich, wenn man dir das Maul aufreißt."
Dem Nußknacker war bei dieser Schilderung die Sprache weggeblieben, und die drei vernahmen nur ein paar heftige „Knack! Knack!" aus der Fensterecke. Die Schildkröte stimmte dem Teddy voll zu und tat auch ihre Meinung kund.
„Au wei!" sagte sie.
Das Krokodil setzte schließlich noch eins drauf:
„Und dein schiefes Maul, das du seit dem Achsbruch hast! Warum heißt man dich

eigentlich Nußknacker, wenn du bei der ersten Nuß, die du knacken sollst, dir den Kiefer aushebelst? Da gibt es doch so zangenartige Dinger, mit denen knacken die Menschen ihre Nüsse zehnmal besser auf als mit so einem Invaliden, wie du einer bist!"

Darauf war es nicht lange still.

„So ein Unglück, so eine Schande! Knack! Knack!" hörten sie den armen Nußknacker losheulen, „am liebsten wäre mir, ich wäre gar nicht mehr auf der Welt! Knack!"

Diese traurige Rede rührte den Teddy, und er tröstete den armen Nußknacker:

„Na, nun beruhige dich schon! So war das ja nicht gemeint. Vielleicht findest du doch einmal jemand, der dich mag. Und dann sieht die Welt schon wieder viel besser aus!"

Das meinte wohl auch die Schildkröte, die zweimal sagte:

„Eben, eben."

Da war auch schon die Sprechzeit der Spielsachen vorbei, und sie mußten schweigen bis zur nächsten Nacht.

Anderntags kam Besuch ins Haus. Einer der Besucher, der den Nußknacker mit dem Kieferbruch in der Ecke stehen sah, sagte:

„Ja, mein Gott, was ist denn mit dem armen Kerl da passiert?"

Er nahm den beschädigten Nußknacker in die Hand und betrachtete genau den Schaden.

„Ach, das ist halb so schlimm, der braucht nur eine neue, verstärkte Achse in seinen Maulhebel, und schon ist er wieder in Ordnung. Es wäre doch schade um den feinen Burschen. Ich kann das leicht reparieren," meinte er.

Der Bub gab den Nußknacker dem Besucher, und man versicherte, niemand hier hätte Interesse an ihm. Er aber, mit seinen vielen Nußbäumen auf dem Jura droben, könne ihn vielleicht gut gebrauchen, er solle ihn nur mitnehmen und behalten.

Und so wenig der Nußknacker im Spielzimmer des Bübleins Anerkennung gefunden hatte, so viel zog er bald, nachdem er anderntags bereits wieder ausgebessert und funktionsfähig gemacht worden war, bei seinem neuen Herrn die Aufmerksamkeit auf sich. Er erhielt einen Ehrenplatz neben dem Christbaum. Dort stand er hochaufgerichtet und prächtig anzusehen in einer Schale, umgeben von lauter Nüssen. Und damit jeder sehen konnte, daß er ein nützliches Wesen in diesem Haushalt war, hatte man ihm eine Nuß in sein offenes Maul gesteckt. Er bot einen stolzen Anblick, und niemand sah ihm an, daß er gestern noch hatte sterben wollen. Wie freute er sich nun seines Nußknackerdaseins!

In des Bübleins Zimmer fand in der Nacht folgendes Gespräch statt.
Der Teddy:
„Schade, daß der Nußknacker nicht mehr da ist. Wie es ihm wohl jetzt geht?"
Darauf das Krokodil:
„Na ja, Spaß hat er ja nicht viel verstanden, der hölzerne Maulaufreißer."
Und zuletzt setzte die Schildkröte zu ihrer längsten Rede an, die sie in ihrem ganzen Leben je gehalten hat:
„Weiß der liebe Gott", sagte sie und dann nochmal,
„weiß Gott!"

DIE CHRISTNACHT IM JANUAR

Eine Weihnachtsgeschichte um Friedrich Theiler

Friedrich Theiler (1748 – 1826) gilt als der bedeutendste Bildschnitzer der Fränkischen Schweiz. Er wurde in Ebermannstadt geboren und erhielt seine Ausbildung in der damals berühmten Werkstätte Mutschelle in Bamberg. Von 1781 bis zu seinem Tode arbeitete er in Ebermannstadt. Zahlreiche Bildwerke erlesener Qualität geben in Franken Zeugnis seines hervorragenden Könnens.

Der Bildschnitzer Friedrich Theiler oder, wie ihn die Ebermannstädter nannten, der „Krausn Frieder", war ein Kauz, ein angesehener und geachteter Mann, aber eben ein bißchen anders als die anderen Ebermannstädter Mannsbilder. Er war ein Einzelgänger, ein Sonderling.

Wenn er nicht ein so erfolgreicher Künstler gewesen wäre, der sogar würdig befunden worden war, das Grabmal des Fürstbischofs Adam Friedrich von Seinsheim in Bamberg zu fertigen und der sogar für den Zaren von Rußland hätte schnitzen sollen, ja dann hätte jeder kleine Ackerbürger im Wiesentstädtchen für sich das Recht in Anspruch genommen, über den Spinner zu lächeln oder gar zu lästern. So aber staunte man nur über die herrlichen Figuren, die in seiner kleinen Werkstatt entstanden und die viele Kirchen im weiten Umland schmückten. Man war sogar ein wenig stolz auf ihn, wenn etwa hin und wieder hohe Herrschaften in Ebermannstadt eintrafen, um mit dem angesehenen Künstler Aufträge zu besprechen.

Als der Krausn Frieder in jungen Jahren in die berühmte Werkstatt der Gebrüder Mutschelle nach Bamberg kam, um sich dort als Holzschnitzer ausbilden zu lassen, da hatten viele prophezeit:

„Wat ner, dort werns na scho zurechtschleifn, den Schlofer. Und wenn er net aufwacht, dann werd er bald wieder do sei in Ermästodt.“
Sie hatten sich getäuscht. Er war viele Jahre in der berühmten Werkstatt in der Bischofsstadt geblieben, und viele herrliche Skulpturen, die aus dieser Kunststätte in alle Welt hinausgingen und den Ruf fränkischer Barockkunst bekräftigten, waren von seinen Händen geschaffen worden.
Als Theiler eines Tages als gereifter Mann – allen verlockenden Angeboten zum Trotz – in sein Heimatstädtchen zurückkehrte, da war er so kauzig wie eh und je. Ja, es schien den Ebermannstädtern, der Frieder sei noch eigenbrödlerischer und versponnener heimgekehrt, als er in jungen Jahren ausgezogen war.
Er zog in ein Stübchen in seinem Elternhaus am Marktplatz. Hinten im Hof richtete er sich unter der Holzlege eine kleine Werkstatt ein, in der er täglich bis zu seinem Lebensende werkelte.
In die Theilersche Großfamilie gliederte der Frieder sich nur am Rande ein. Zurückgezogen lebte er sein eigenes Leben, an dem er eigentlich niemand teilhaben ließ. Er blieb unbeweibt, und seine Schwägerin mußte ihn zu jeder Mahlzeit aus der Werkstatt holen. Dann saß er wie ein Gast am Tisch in seinem Vaterhaus, ein Gast, der bescheiden sein Mahl zu sich nahm und sich nach dem Tischgebet wieder in seine eigene Welt zurückzog.
Niemand konnte sich ernstlich über ihn beklagen, denn er zahlte pünktlich allmonatlich ein ordentliches Kost- und Logiergeld in die Familienkasse und war stets freundlich gegen jedermann.
So wie er in der eigenen Familie wie ein gerngesehener, aber fremder Gast lebte, so lebte er auch außerhalb des kleinstädtischen Geschehens in seinem Ebermannstadt. Er war ein häufiger Besucher der Gottesdienste; im Wirtshaus hat ihn aber kaum je einer gesehen. Er antwortete freundlich, wenn ihn ein Mitbürger anredete, er sagte seine Meinung und vertrat seinen Standpunkt, wenn man sich an ihn wandte. Er selbst hat aber nur selten jemand um seine Meinung gefragt. Alltagsgerede interessierte ihn nicht, für künstlerische Fragen und Probleme, die sein Werk betrafen, hatte er keinen ernstzunehmenden Diskutanten in der Stadt. Der Frieder war ein einsamer Mensch.
Der einzige Mensch, der seine Einsamkeit durchbrach, war – ein Kind! Ja, ein kleines

Mädchen aus der Nachbarschaft war möglicherweise sein einziger wahrer Freund in seinen späten Tagen.

An einem Spätsommermorgen, als die Sonne besonders leuchtend weit im Osten über dem Zuckerhut aufgegangen war, saß Friedrich Theiler in seiner Werkstatt und schnitzte an einem Engelsköpfchen. Die Tür war weit geöffnet, und der Meister wähnte sich alleine, denn er tat etwas, was er nie vor anderen getan hätte: Er sang. Er sang mit seiner etwas heiseren Stimme leise vor sich hin:
„Hunderttausend Eitelkeiten sucht die Welt zum Zeitvertreib.“
Sein grauer Wuschelkopf war dicht über sein Werkstück gebeugt, seine schlanken Künstlerhände fuhren hin und wieder über das Holz, das bereits ganz grob die Form eines Kinderkopfes angenommen hatte. Und als er so ganz versunken eine Weile geschnitzt hatte, war es ihm, als hätte er ein Kinderstimmchen gehört, das leise sein Liedchen mitsummte.
Er drehte sich um. Unter der Tür stand des Nachbars Gretelein, ein blondes, zartes Mädchen von etwa sechs Jahren.
Der alte Meister wurde einen Augenblick verlegen, er kam sich ertappt vor. Er wollte gerade das Kind anherrschen, ob es nicht grüßen könne, was es wolle, wer es geschickt habe oder dergleichen. Aber er kam nicht dazu. Das Gretelein sagte ganz unbefangen und seinen strengen Blick aushaltend:
„Singt doch weiter, Master Frieder, des is a schöns Liedla.“
Zunächst belustigte ihn die Anrede. „Master Frieder“ hatte ihn noch niemand genannt. Dann erlag der Künstler dem Reiz dieses ausdrucksvollen, offenen Kindergesichts. Schließlich gefiel ihm gar das unbefangene Lob über sein Liedchen.
Noch bevor er sich zu einer Antwort entschließen konnte, trat das Gretelein unbefangen auf ihn zu und plapperte weiter, während es ihn unverwandt anblickte:
„Des Liedla kenn ich fei, des singt mei Großvorrer manigsmol.“

„Dei Großvorrer, der singts a noch?"entgegnete nun Meister Theiler, „der hot des Liedla mit mir zsamm in der Schul gelernt, beim Rektor Freytag. Is wirklich a schöns Liedla, des paßt so recht auf unner schlimma Zeit."
Und verhalten stimmte er die Strophe an:
„Sich an Stolz und Pracht ergötzen
ist ein allgemeiner Tand,
wo sich arm und reich
gleich ins Verderben setzen.
Narren sind doch alle blind
und vergeh'n im eignen Wind... "
Das Gretelein hatte wieder ein bißchen mitgesummt. Ihm gefiel die Melodie, dem Meister gefielen wohl mehr die Worte. Als er geendet hatte, da klatschte das Mädchen in die Hände und hüpfte, grußlos wie es gekommen war, entlang einem Sonnenstrahl, der quer von der Tür über den Fußboden lief, auf einem Beinchen zur Werkstatt hinaus.
Der Meister, der sonst über jede Unterbrechung seiner Arbeit unwillig wurde, lächelte hinter dem Gretchen her, bevor er sich wieder seiner Arbeit zuwandte.
Er schnitzte bis zum Mittag hingebungsvoll an seinem Puttenköpfchen. Als die Schwägerin ihn zum Essen holte, blickte sie flüchtig auf das Schnitzwerk, stutzte und rief aus:
„He, Frieder, des Köpfla is ober schö; des siecht ja grod a so aus wie den Nochbern ihr Gretela."
Da lächelte der Meister.

Am nächsten Tag sang der Meister während der Arbeit wieder sein Lied über die Eitelkeit der Welt, und er ertappte sich dabei, daß er lauschte, ob nicht vielleicht ein Kinderstimmchen zu hören wäre.

Er mußte lange warten und war mit sich selber so uneins, daß ihm die Arbeit nicht wie sonst von der Hand ging. Der neue Puttenkopf, den er auf seiner Schnitzbank vor sich liegen hatte, fand bis jetzt nicht seinen Beifall. Und wie sehr er sich auch mühte, der Ausdruck des Engelgesichtchens blieb seltsam starr und unlebendig.
Schließlich tauchte das Gretelein auf. Es streckte sein Köpfchen zum Türspalt herein, grüßte den „Master Frieder" artig, trat in die Werkstatt und betrachtete unaufgefordert alles, was da an halbfertigen und vollendeten Schnitzwerken herumstand.
Der Meister summte sein Liedchen vor sich hin und schnitzte weiter, einmal den Blick auf das Kind gerichtet, einmal auf seinen neuen Engelskopf. Die kleine Nachbarin blieb mit ernster Miene vor der Figur eines heiligen Johannes Evangelista stehen. Schließlich stellte sie sich auf die Zehenspitzen und steckte ihr Fingerchen in die linke Hand der Johannesfigur. Die Hand war so gebildet, daß der abgewinkelte Zeigefinger mit dem Daumen einen Ring bildete. Mehrmals probierte das Mädchen, ob man diese Hand nicht doch wie eine dargebotene Grußhand greifen könne. Dann hatte das Kind verstanden: Diese Finger sollten etwas umfassen, etwas halten.
Das Gretelein sah sich in der Werkstatt um und erblickte am Boden in der Ecke einen kleinen Handbesen. Das war's! Schnell holte es den Besen und steckte ihn dem Johannes in die Hand. Diese schien wie geschaffen dafür. Auch die andere Hand wollte etwas halten; die Finger waren gekrümmt, der Daumen zeigte etwas nach oben.Das Gretelein überlegte einen Augenblick, dann rannte es wieder in die Ecke, holte die kleine Kehrichtschaufel und steckte sie mit dem Griff dem Evangelisten zwischen Finger und Daumen. Das Kind trat einen Schritt zurück, klatschte erfreut in die Hände und strahlte über das ganze Gesichtchen.
Der Meister hatte eine kurze Weile nur auf seine Arbeit gesehen. Das Händeklatschen ließ ihn herumfahren.
„Mein Gott, der heilige Johannes mit Besen und Schaufel!" entfuhr es ihm. Für einen Augenblick wollte er zornig werden. Doch dann, als er das strahlende Gesicht seiner kleinen Nachbarin sah, da lächelte auch er. Und weil das Kind sich so unbefangen und herzlich über den dekorierten Heiligen freuen konnte, da wurde er von der kindlichen Heiterkeit angesteckt. Er kicherte erst ein bißchen, schließlich lachte er. Wer hatte je den Meister so gehört?

Der Engelskopf, der noch am gleichen Tag fertig wurde, trug wieder Gretchens kindliche Züge. Ein Putto mit so einem verschmitzten Lächeln war dem Meister noch nie gelungen!

Von nun an schaute das Gretelein fast täglich beim „Master Frieder" vorbei. Manchmal war so ein Besuch nur ein Husch, manchmal spielte das Kind versonnen und traumverloren für Stunden am Boden der Schnitzwerkstatt.
Es baute mit den Holzabfällen seine eigene kleine Welt. Klötzchen wurden zu Häusern, Brettchen zu Brücken, Späne zu den Wellen der Wiesent. Das Kind sah in den verschiedenen Formen der Abfallhölzchen menschliche Figuren, Tiere und Bäume, Wagen und Schiffe. Die kindliche Phantasie ließ Zeit und Raum versinken.
Der Meister nahm dann zuweilen seinen Zeichenstift und hielt immer wieder die feinen kindlichen Züge auf dem Papier fest. Einmal erfaßte er das Köpfchen von oben, dann mehr von unten oder von der Seite. Aus allen Blickwinkeln hielt er den bewegten Augenblick fest als Grundlage für spätere Arbeiten. Ärmchen, Hände und Beinchen, die ganze Haltung des kindlichen Körpers bannte er mit flinkem Stift auf seine Blätter. Und wollte er einmal, daß das Kind eine Weile stille hielt, so tat ihm das Gretelein gerne den Gefallen. Wann hätte Theiler, der Schöpfer ungezählter Engelchen, je so ein Modell gehabt?
Als er noch bei den Mutschelles arbeitete, da standen ihm Modelle zur Verfügung; aber in Ebermannstadt war er fast ganz auf sein erworbenes anatomisches Wissen, auf andere Skulpturen, auf sein untrügliches Formgefühl und auf eigene alte Skizzen angewiesen. Aber nun war er für seine Engels-, Putten- und Kinderfiguren die Modellsorge los. Auf allen Altären des Meisters tummeln sich bis heute die kleinen Geschöpfe in großer Zahl!
Bald war die Bindung zwischen dem Gretelein und dem alten Frieder von einer großen, herzlichen menschlichen Wärme und für beide unersetzlich. Es gab niemand, bei dem der alte Eigenbrödler sich so unbekümmert geben konnte wie bei seiner

kleinen Freundin, und nirgends fühlte sich das Mädchen, dessen Eltern sich von früh bis spät redlich abplagten und daher wenig Zeit hatten, so geborgen wie bei dem altväterlichen Meister. Er nahm sich die Zeit, die vielen Fragen des aufgeweckten Kindes zu beantworten, er gab der kindlichen Phantasie Nahrung und Raum.
Freilich gab es dabei auch einmal eine Situation, die zumindest den Bildschnitzer in arge Verlegenheit brachte.

Eines Tages holte die Schwägerin den Meister nach vorne ins Haus mit dem Hinweis, daß hoher Besuch ihn erwarte. Theiler entledigte sich seiner Schürze, strich den Holzstaub mit schnellen Bewegungen aus den grauen Haarlocken und begab sich nach vorne in die gute Stube.
Dort fand er einen alten Bekannten vor, den Pater Guardian vom Franziskanerkloster in Bamberg. Für ihn hatte Theiler einen wunderschönen Standkruzifixus geschnitzt. In Begleitung des Klostervorstehers befand sich der Graf Giech von Thurnau. Der Graf wollte ebenfalls ein Kruzifix in Auftrag geben und bediente sich nun der Vermittlung des Franziskaners.
„Wird er die Arbeit bald liefern können?" –
„Gewiß, gewiß, Herr Graf", versicherte Theiler, „mit den Ludwager Figuren bin ich ja weit fertig. Danach läßt sich's einschieben."
Doch ehe er noch über Einzelheiten sprechen konnte, nahm ihn der Mönch bei der Schulter, schob ihn zur Tür hin und sagte:
„Geht, Meister Theiler, zeigt dem Herrn Grafen Euere Werkstatt. Gewiß habt Ihr schöne Figuren dort stehen. Der Herr Graf ist ein Kenner."
Theiler beeilte sich zu versichern, daß er einiges für die Kirche in Ludwag gerade weitgehend fertiggestellt habe, aber er müsse noch eine letzte Überarbeitung vornehmen und er bitte darum, Nachsicht bei den Heiligen in ihrem jetzigen Zustand zu üben.

E.D.
90

Nachsicht war freilich vonnöten als man in die Werkstatt kam. Der Meister hatte rückwärts die unverschlossene Tür aufgestoßen, der Graf und der Klostervorsteher sahen an dem Künstler vorbei in ein seltsames Kabinett. Erst stutzten sie, dann brachen sie in ein schallendes Gelächter aus. Theiler, der immer noch mit dem Rücken zur Türöffnung stand, zuckte zusammen. Was um alles in der Welt war an seinen Heiligenskulpturen lächerlich?

Er drehte sich um und stand starr, bevor auch er in ein herzliches Lachen ausbrach.

Der heilige Johannes hielt wieder Besen und Schaufel in den Händen, Zacharias hatte ein hölzernes Eimerchen auf dem ehrgebietenden Haupt, und die schlanke Gestalt der geheiligten Elisabeth streckte den Besuchern einen Putzlumpen entgegen. Wahrhaftig, eine solche Gruppe himmlischer Hausreiniger hatte noch niemand gesehen!

„Ach Gott, das Gretelein!" fuhr es dem Meister durch den Kopf. Mit einigen Worten klärte er die Situation auf, nicht ohne darauf hingewiesen zu haben, daß das Kind gewißlich die Heiligen nicht habe beleidigen wollen.

Während der Graf noch herzlich lachte und Theiler die kleine Übeltäterin zu verteidigen suchte, rettete der gelehrte Mönch die Situation.

„Wer weiß, ob das Kindchen nicht die richtigen Gegenstände für die Heiligen gewählt hat? Vielleicht haben wir sie immmer mit den falschen Attributen geschmückt", meinte er schmunzelnd. „Johannes, der Evangelist, hatte gegen viel heidnischen Unrat anzugehen. Besen und Schaufel stehen ihm daher so gut an wie Adler, Buch oder Kelch, mit denen er gemeinhin dargestellt wird." Und auf den Zacharias deutend fuhr er fort:

„Ob die alttestamentlichen Priester nicht kübelartige Hüte trugen, wer weiß das schon? Und schließlich, die fromme Elisabeth, die Mutter von Johannes dem Täufer und Gemahlin des Zacharias, sie mag wohl oft, wie alle Mütter und Hausfrauen, den Putzlappen in ihren fleißigen Händen gehalten haben. Also irgendwie stimmt das schon auch im Sinne der frommen Überlieferung, was das Kind hier zu unserer Belustigung angerichtet hat."

Als der hohe Besuch gegangen war und der Meister in seine Werkstatt zurückkehrte, vernahm er ein Rascheln unter dem großen Haufen Späne in der Ecke. Das Gretelein schälte sich heraus, ein bißchen staubig, ein paar Späne im Haar, ein wenig verlegen,

das Fingerlein im Mund, die Augen fragend auf den Meister gerichtet.
Er konnte nicht schimpfen. Warum auch? Die hohen Herren hatten ihre Freude gehabt – und er eigentlich auch.

So waren die Tage des Spätherbstes vergangen. Das Laub war von den Kastanien am Marktplatz gefallen, und die Sonne stieg jetzt später über den nebligen Hängen am Ramstertal empor. Die Bergkulisse im Südosten des Städtchens glänzte im Filigran ersten winterlichen Rauhreifes. Aus den Wäldern stiegen Rauchschwaden empor, die Waldrechtler waren bei ihrer Winterarbeit im Holz.
In der Schnitzerwerkstatt bullerte von früh bis spät ein Eisenöfchen, gefüttert von den Holzabfällen. Mehr als in der wärmeren Jahreszeit saß das Gretelein beim Meister in der Nachbarschaft. Alle Figuren, die in dem Raum standen, waren für das Kind mit Leben erfüllt. Theiler hatte dem Mädchen zu allen Heiligen die Geschichten Ihres Lebens und Leidens erzählt, ihre Bestimmung und Berufung, ihre Bedeutung und Erhöhung. Für den Künstler war es wichtig, sich mit dem Schicksal und mit der Persönlichkeit der Heiligen zu beschäftigen, die er gestalten sollte.
Im Gespräch mit dem Kind mußte er alles so einfach und klar darstellen, daß der kleine Verstand es begriff und das kindliche Gemüt ergriffen wurde. Dieser Zwang zur Vereinfachung und zur sprachlichen Eindeutigkeit führte Theiler auf den Weg, nur das Wesentliche auszusagen. Verinnerlichung und künstlerische Abstraktion kennzeichneten mehr und mehr seinen Altersstil.
So war in dem ungleichen Gespann jeder von beiden nehmend und gebend zugleich.
Die Jahreszeit brachte es mit sich, daß Theiler seine Arbeit an den Ludwager Altarfiguren zeitweilig unterbrach. Er erhielt – wie alljährlich – in der Vorweihnachtszeit Aufträge, besonders für die nun immer mehr in Mode kommenden Krippen, Hirten mit Schafen und Figuren der heiligen Familie zu schnitzen, dazu Engel und die heiligen drei Könige mit Pferden, Kamelen und Elefanten. Das war

finanziell wenig lohnend und, was den Meister weit mehr verdroß, es waren Arbeiten, die immer kurzfristig geliefert werden mußten.
Die Bamberger Werkstätte hatte er damals auch deshalb verlassen, weil dort zur Arbeit angetrieben wurde, auch wenn für die künstlerische Reifung Ruhe und Besinnung nötig gewesen wären. Und jetzt setzte man ihn in seinem Ebermannstädter Schlupfwinkel wieder mit Terminarbeiten unter Druck.
Aber seltsam, in diesem Jahr, da ein Kind ihm auf die Hände sah und sich über jedes Krippenfigürlein freute, das entstand, da machte dem Meister diese Arbeit erstmals Spaß.
Er erzählte während der Arbeit dem Kind die Weihnachtsgeschichte, und das kleine Mädchen war bald ganz gefangen und gebannt von dem Geschehen, das vor mehr als 1800 Jahren in dem fernen Betlehem stattgefunden hatte.
Das Gretelein stieg schon Wochen vor dem Fest – gleichsam vom alten Meister geführt – erwartungsvoll hinein in den beseligenden Weihnachtszauber. Und je näher das Fest kam, je mehr Krippenfigürlein in Theilers Werkstatt versammelt standen, desto inniger richtete das kindliche Gemüt sich hin auf den Weihnachtstag.
Die Natur war in diesem Jahr ganz dazu bereit, alle Menschen weihnachtlich zu stimmen. Anfang Dezember gab es den ersten Frost. Das Wasserrad vor dem Städtchen trug lange Eisbärte, unter den Ufererlen an der Wiesent entstanden milchige Eisplatten. Die Kinder rutschten auf dem kleinen, gefrorenen Wasserlauf, der damals noch neben der Hauptstraße durch das Städtlein zog.
Und dann begann es zu schneien. Dicke Flocken schwebten aus grauen Wolkenbetten auf ganz Franken hernieder. Die Fachwerkgiebel am Ebermannstädter Marktplatz trugen weiße Hauben. Der Hof vor Meister Theilers Werkstatt lag unter einem weißen Teppich. Alles Laute wurde gedämpft, alles Dunkle erhellt, alles Schmutzige zugedeckt. Weihnachten, die Zeit des Friedens und der inneren Freude, kündigte sich an.
Geschenke konnten die meisten Kinder damals nicht erwarten, und auch der lichtergeschmückte Christbaum war noch eine Seltenheit. Das Fest der Freude und Liebe lebte noch ganz aus seinem religiösen Inhalt im kirchlichen Brauch. Die Umsetzung und Auswirkung auf weltliche Bereiche war damals noch ganz bescheiden.

So war ein Weihnachtsgeschenk, das dem Gretelein ganz unerwartet zugedacht war, für das Mädchen auch ein ganz unerhörtes Ereignis.

„Master Frieder, Master Frieder!“ schallte es laut über den Hof, „Master Frieder, guckt amol, wos des Christkindla für mich gebrocht hot.“
Die Feiertage waren vorüber, und Friedrich Theiler saß am Morgen wieder in seiner Werkstatt. So früh hatte ihn die kleine Gretel noch nie besucht, aber sie mußte heute ihren lieben Freund teilhaben lassen an dem Glück, das ihr in der Heiligen Nacht widerfahren war.
Als der Meister zur Tür sah, da kam aber nicht gleich das Gretelein herein, sondern, von einem Kinderhändchen gehalten, zuerst ein kleines Püppchen, ein einfaches, etwa handgroßes Püppchen, wie man es für wenige Groschen auf jedem Jahrmarkt kaufen konnte. Der kleine Tonkopf war flüchtig bemalt, das blaue Samtkleidchen, das den ausgestopften Balg verbarg, war oben mit einem Krägelchen versehen, was dem eigentlich dürftigen Figürchen doch ein gewisses vornehmes Aussehen verlieh.
Das Gretelein beugte den kleinen Puppenkörper mehrmals ab und piepste mit hoher Stimme:
„Gut Morgn, Master Frieder, ich bin dem Gretela sei Weihnachtsdoggn.“*
Der alte Herr erhob sich von seinem Hocker, ging gebückt auf das Spielzeug zu, reichte dem Püppchen die Hand und sagte höflich:
„Grüß Gott, ich bin der Master Frieder.“
Diese Reaktion schien dem Gretelein selbstverständlich, denn für das Kind war die kleine Puppenfigur ein beseelter Mensch geworden, eine kleine Freundin, ein echtes Wesen zum Liebhaben, dem es seine ganze Fürsorge schenken konnte.

*Doggn, altfränkischer Ausdruck für Puppe

„Mein Gott“, dachte der alte Mann, „so a lumperts Dingla macht a Kind so glücklich! Wie der Herr gsocht hot: Werdet wie die Kindlein, hot er vielleicht on so a Gmüt docht wie des vom Gretela.“
Und es fiel ihm wieder sein Liedchen ein, das ihn vor fünfzig Jahren der Rektor Freytag in der Schule gelehrt hatte:
Huntertausend Eitelkeiten sucht die Welt zum Zeitvertreib...
Kindliche Gemüter waren ohne Eitelkeit zu befriedigen!
Lange konnte Theiler seinen Gedanken nicht nachhängen, denn das Gretelein war dazu übergegangen, seinem Püppchen die Werkstatt zu erklären.
„Des do is der Zacharias“, sagte es ernsthaft zur Puppe, „der wor ganz früher a Pfarra gwen und hot net glabt, wos na a Engl gsocht hot. Do hot er fei nix mehr plaudern könna, drum hot er alles auf des Täfela do gschriebn.“
Und so ging es fort. Das Mädchen gab seine ganze kindliche Gelehrsamkeit, die ihm der Meister beigebracht hatte, an seine neue Freundin weiter. Bald gestaltete das

Kind ein richtiges Zwiegespräch. Das Püppchen fragte seine kleine Lehrerin mit hoher Piepsstimme, und das Gretelein antwortete eindringlich mit erhobenem Fingerchen. Wenn die kleine Meisterin Lust bekam, das Püppchen zu herzen, dann ließ sie ihm einfach eine richtige Antwort sagen.
„Ei, fein, mei Guta, du bist mei ganz Gscheita", lobte dann das Kind sein Püppchen und drückte es innig an sein Körperchen. Zuweilen bekam das Püpplein auch einen herzhaften Kuß und auch ein sanfter Tadel schien hin und wieder der kleinen Lehrerin für geboten.
Meister Theiler verfolgte von seiner Schnitzbank aus das kindliche Tun. Es sah die leuchtenden Augen seiner kleinen Freundin und staunte über die Hingabe, mit der das Mädchen an seinem armseligen Spielzeug hing; er bewunderte die Phantasie des Kindes und freute sich darüber, daß nichts von dem, was er dem Gretelein erzählt hatte, vergessen worden war. Das biblische Geschehen lebte intensiv in der bunten Gedankenwelt des Mädchens, in die nun auch das Püppchen eingeführt wurde.
Zuletzt kam die Gretl mit ihrer Doggn zu dem Engelskopf, den der Meister zuletzt geschnitzt hatte.
„Und des bin ich", sagte sie zum Püppchen und deutete mit dem Finger auf das Schnitzwerk. Nach einer Weile ergänzte sie aber ihre Aussage:
„A Engl bin ich ober öscht, wenn ich gstorbn bin."
Dem Meister lief es kalt den Rücken hinunter, und er fügte rasch hinzu:
„Do hosta ober nuch 100 Johr Zeit, Gretela, gell!"
Diese Vorstellung beschäftigte das Kind aber in keiner Weise. Seine Gedanken liefen in eine andere Richtung.
„Wos gschieht denn mit meiner Doggn, wenn ich amol im Himml bin? Mant Ihr, die dörf ich mit neinehma?" sinnierte die Gretl laut.
„Freilich", gab der Meister zur Antwort, „so a brova Doggn dörf bestimmt amol mit nein Himml."
Die Frage entschied sich aber schon nach einigen Tagen auf ganz andere Weise.

Als der Neujahrstag vorbei war, kam die Gretl erstmals ohne ihr Püppchen in die Werkstatt des Schnitzers. Der Meister merkte das sofort und dachte:
„Wie könnts denn annersch sei! Die Kinner wölln halt a Abwechslung.“
Es paßte ihm ganz gut, daß das Gretelein ohne Spielzeug gekommen war, denn er wollte das Kind bitten, eine Weile ruhig zu sitzen; er benötigte noch eine Skizze für ein lachendes Engelein.
Das Kind setzte sich folgsam hin, schaukelte ein bißchen mit den Beinchen und lauschte – wie gewöhnlich bei diesen Modellstunden –, was der Meister Frieder zu erzählen wußte. Der erzählte die Geschichte von David und Goliath, wobei er den Riesen als einen solchen Tölpel schilderte, daß er sicher sein konnte, die Gretl würde schmunzeln und lächeln.
Aber weit gefehlt! Das Gesichtchen blieb ernst; es hatte einen traurigen Zug um den Mund, ja die Augen schienen sogar etwas gerötet. Als der Meister mit seiner Geschichte und mit seiner Skizze fertig war, sagte er:
„Gretl, des werd amol a Engl, der am Kreuzbalkn höckt, wenn unner Herr sterbn muß. Ich hätt ober a Gsichtla braucht, des sich freut; des ghört nämlich zu aner Himmelfahrtsgruppn. Konnst net aweng lustiger schaua?“
Da fing das Gretelein an zu schluchzen. Es rutschte von seinem Platz, lief auf den Meister zu und barg sein weinendes Gesichtchen in seinen Händen. Er drückte das kleine Geschöpf sanft an sich, hob es auf seine Knie und sagte besänftigend:
„No, mei Klana, wos isn? Sog mers ner; der Master Frieder ko scho helfn.“
Dabei strich er der Kleinen übers Haar. Nun war alle Beherrschung dahin. Das Gretelein weinte herzzerbrechend, die Tränen strömten, das ganze Körperchen wurde geschüttelt. Lange konnte das Kind nicht sprechen.
Der Meister hatte Geduld. Die Kindertränen rührten ihn. Nach einer langen Weile holte er sein Sacktuch heraus, trocknete vorsichtig das Gesichtchen, ließ das Kind in das Taschentuch schneuzen und fragte nochmals:
„Wos isn etzt Gretela?“
Da kam die schreckliche Kunde unter lautem Schluchzen zu Tage:
„Die Katz hot mei Püppla gfressn!“
Und schon öffneten sich die Tränenschleusen aufs neue.
Das war es, die Puppe war fort! Dem Meister war sofort klar, daß keine Katze der

Welt einen Sägspänebalg mit einem Tonkopf fressen würde. Das war sicher eine als Trost gedachte Erklärung der Mutter, um dem Kind den Verlust seiner Puppe begreiflich zu machen. Aber hatte das Gretelein seine Puppe wirklich verloren? Das konnte sich Meister Theiler eigentlich nicht vorstellen.
Zum Gretelein sagte er vorsichtig:
„Mein Gott, die Katz hot dei Doggn gfressn? No, so a bösa Katz! Die kriegt ober heut ka Tröpfla Milch vo uns. – Ober sog amol, wo hotn die Katz dei Püppla derwischt? Wo host sa denn liegn lossn?"
Das Kind versicherte, daß es nachts seine Puppe mit ins Bett genommen habe und daß sie am Morgen verschwunden gewesen sei.
Der Meister horchte vorsichtig das Mädchen aus. Es blieb dabei: Am Neujahrsmorgen, als das Kind erwachte, war die Puppe verschwunden.
„Und wos hot denn do dei Murrer gsocht?" forschte Theiler weiter.
„Die Murrer wor doch o den Toch net daham. Die wor doch in Wohlmuthshüll bei der Babett und der Patin", erzählte die Gretl.
Der Meister wurde hellhörig. Er wußte ja, daß Gretels Schwester Babett bei ihrer kinderlosen Patentante in Wohlmuthshüll aufgezogen wurde. Sicher hatten die Alten daran gedacht, der Babett sogar einmal den Hof dort überschreiben zu lassen.
An bestimmten Feiertagen besuchte allemal Gretels Mutter ihre älteste Tochter, ihre Schwester und ihren Schwager im Dorf auf der Höhe droben. Solche Besuche waren immer Tagesunternehmen. Und eben ein solcher Tagesausflug der Mutter hatte am Neujahrstag stattgefunden. Sollte das etwas mit dem Verschwinden der Puppe zu tun haben? Das Gretelein konnte keinen Zusammenhang herstellen, dem Meister Theiler gelang dies aber wohl.
Alles Nachdenken und alles weitere Suchen halfen nichts. Die Puppe blieb verschwunden. Das Kind trauerte, als habe es einen ganz lieben Menschen verloren; der Schmerz der kleinen Seele war grenzenlos. Wie stark das Kind erschüttert war, wußte eigentlich nur der alte Frieder.
Die Mutter der Gretl brach jedes Jammern mit den barschen Worten ab:
„Wos greinst? Wos machst denn du, wenn vo uns ans sterbt? Wer waß, vielleicht bringts Christkind nächtes Johr a neua Doggn. Und etzt Schluß mit deim Getu!"
Damit ging sie zu ihrer Tagesarbeit über, es gab kein Gespräch mehr über die

verlorene Puppe.
Es dauerte aber gar nicht lange, da kam die Wahrheit ans Licht.

Der Gegenbesuch der Wohlmuthshüller Verwandtschaft war für den Dreikönigstag verabredet worden. Der Onkel, die Tante und die Babett waren so zeitig gekommen, daß sie den Gottesdienst in der Stadtpfarrkirche mitfeiern konnten. Mit geröteten Gesichtern betraten sie danach die Wohnstube und schälten sich aus ihren Kleidern.
Da tat das Gretelein, das dabeistand, einen Schrei. Die Babett hatte unter dem Wolltuch, in das sie eingehüllt war, Gretels Püppchen im Arm.
Ganz außer sich rief die Gretel:
„Woher host denn du mei Doggn?“
„Dei Doggn?“ entgegnete Babett, „des is meina!“
Sie drückte die Puppe fest an sich.
„Die hot mir die Murrer on Neujahr vom Christkind aus Ermästodt mitbrocht!“
Die Wahrheit war schrecklich, aber die Gretl wollte sich nicht damit abfinden. Sie versuchte sofort, das Püppchen an sich zu reißen. Die Babett, älter, größer und stärker, verteidigte ihren Besitz. Bevor noch jemand einschreiten konnte, hielt die Gretl den Puppenkopf in den Händen, die Babett den kopflosen Körper, aus dem Sägemehl auf den Boden herauslief. Nun schrien beide Schwestern aus vollen Kehlen, die Tränen flossen reichlich.
Mit einigen Hieben gegen beide Mädchen beendete die Mutter den Streit. Sie riß der Gretl das Köpfchen aus der Hand, der Babett den Puppenkörper, stopfte beide Teile in die Henkeltasche ihrer Schwester und sagte zu ihr:
„Die kosta daham wieder zammrichtn.“
Damit war unumstößlich und endgültig die Puppe in den Besitz der Babett übergegangen.
Die Gretl ließ das Köpfchen hängen; sie verzog sich in die Schlafkammer, kroch

mitsamt ihren Kleidern unter die Zudecke und weinte sich am hellichten Tag in den Schlaf.
Der Meister Theiler erfuhr am nächsten Tag als erster die traurige Geschichte. Das Gretelein blieb an diesem Tag von morgens bis abends in der Schnitzerwerkstatt. Mit Honigbroten und Milch bewirtete der Meister seinen kleinen Gast. Ein Gespräch mit den Nachbarsleuten sorgte dafür, daß die Kleine weder gesucht noch für ihr Fernbleiben bestraft wurde.
Das Gretelein verhielt sich wie ein reifer Mensch, der um sein Liebstes trauert. Nach dem Aufbäumen im ersten Schmerz machte sich eine tiefe Melancholie im Herzen breit.
„Wundn brauchn ihr Zeit, bis sa heiln“, sagte der alte Frieder, „ober manigsmol ko mer wos dofür tun, daß sa schneller wieder zammwachsn.“

Das Gretelein wurde ein bißchen fiebrig in den nächsten Tagen und mußte das Bett hüten. Es war nichts Ernstes, aber der gewohnte Gast blieb der Werkstatt fern. Und das kam sogar dem alten Meister gelegen, denn trotz aller eiligen Aufträge machte er sich an eine Arbeit, die ihm zwar keinen Pfennig einbrachte, die auch für seinen Ruhm in der Nachwelt ohne jede Bedeutung blieb, die aber am Ende seiner irdischen Tage mit größtem Gewicht seinen guten Taten zugezählt werden würde.
Als das Gretelein ein bißchen blaß im Gesicht und noch etwas wackelig auf den Beinchen wieder in Theilers Werkstatt erschien, sagte der Meister:
„No, Gretela, bist wieder gsund? Wor höchsta Zeit! Setz dich amol, ich muß dir wos derzähln und muß dir wos zeign.“
Das Kind setzte sich und lauschte wie schon so oft, während der Meister, tief über seine Arbeit gebeugt, zu erzählen anfing.
Heute nacht sei ihm ein Engel erschienen, berichtete der Frieder mit feierlicher Stimme. Das Kind hatte nicht den geringsten Zweifel an der Wahrhaftigkeit einer

solchen Geschichte. Engel gehörten zur Realität seiner kindlichen Welt, überhaupt seit es die Geschichte des Zacharias gehört hatte. Und der Engel habe dem Frieder gestanden, daß ihm ein schwerer Fehler unterlaufen sei. Im Trubel der Weihnachtstage, wo man im Himmel so viel zu tun habe, hätte er für die Gretel eine Puppe geliefert, die eigentlich der Babett in Wohlmuthshüll zugedacht gewesen sei. Insoweit habe die Mutter schon richtig gehandelt.

Das Gretelein kniff die Augen zusammen, als wollte es protestieren oder zumindest des Meisters Worte anzweifeln. Doch der blieb todernst.

„No ja, des konn doch vorkomma, oder net?"

Das Kind nickte zaghaft. Und das, fuhr der Meister fort, sei aufgekommen, und das Christkind habe persönlich befohlen, sofort dem Gretelein die Puppe nachzuliefern, die ihm eigentlich zugedacht gewesen war.

„Und wie der Engl auf Ermästodt runterkumma is, do wors scho finster, und die Gretl hot gschlofn. Wos hot do der Engl machn solln?"

„Mich aufweckn!" rief das Kind auf die Frage, die eigentlich nur rhetorisch gedacht war.

„Heilichers, der werd doch die Puppn net wieder mitgnumma hom?" fragte die Gretl atemlos. „Master Frieder, hot der mei Puppn wirklich mit ham nein Himml gnumma?"

Das Stimmchen klang zuletzt schon etwas weinerlich. Um Schlimmeres zu verhüten, beeilte sich der Frieder zu sagen:

„Na, des hot er net gmacht!"

„Ober um Gottswilln, wo hot er sie denn hinton?" flehte die Gretl.

„Ja, wos denkst, wo er sie hinton hot?" fragte der Meister. „Mir hot er die Puppn gebn. Wal ja a Engl alles waß, wos mir machn, waß der a, daß du öft bei mir bist. Mir hot der Engl die Puppn gebn und hot gsocht...", und nun veränderte der Meister seine Stimme, gab ihr einen feierlichen, fremden Klang und sprach: „Meister Theiler, gib dem Gretelein seine Puppe – hot der Engl gsocht – und sage, es möge mir nicht zürnen, daß ich sie aus den himmlischen Gestaden erst jetzt auf die Erde hernieder bringe. Das Christkind läßt das Gretelein grüßen und sagen, es solle immer brav sein und den Meister Frieder oft besuchen."

Der alte Mann hatte zuletzt eine ganz wacklige Stimme bekommen. Dann fuhr er

mit seinem gewohnten Ton fort:
„Und donn hot er mir wos Eigwickelts gebn, seina Flügl hom grauscht, und draun wor er beim Fenster."
Das Gretelein saß mit geöffnetem Mund da; andächtig hatte es gelauscht; nun rührte es lange keinen Finger, als ihr Meister Theiler ein Päckchen in die Hände legte. Schließlich gab er ihr einen sanften Schubs und sagte:
„No, jetzt machs ner auf, des Gschenk vom Christkind; mich interessierts ja selber."
Die Gretel wickelte das Päckchen auf. Zum Vorschein kam eine wunderschöne Puppe. Ein liebes Gesichtchen mit blauen Augen, darüber ein blondes Lockenköpfchen, das nahm das Kind zuerst wahr. Daß es dem Gretelein selbst glich, das merkte das Kind nicht. Gekleidet war das Figürchen mit blauem Samt und geziert mit einem weißen Kragen. Die zierlichen Händchen waren fein gebildet, die geschnitzten Stiefelchen wirkten wie echtes Schuhwerk.
Theiler hatte ein kleines Meisterwerk geschaffen, und Gretels Mutter, wohl merkend, daß sie mit ihrer Sparsamkeit und Härte zu weit gegangen war, hatte den Balg gemacht und das Kleidchen mit Liebe gefertigt.
Wie war das Kind glücklich! Es drückte und herzte sein Püppchen immer wieder, es lachte und hüpfte in der Werkstatt herum, und schließlich drückte es das Puppenköpfchen dem alten Mann ins Gesicht und sagte:
„Master Frieder, etzt hot Euch mei Himmlsdoggn an Schmatz gebn."
Wann wäre der Meister je besser für eine Arbeit entlohnt worden!
„Och ja", meinte da Friedrich Theiler gerührt und kratzte sich verlegen auf seinem grauen Wuschelkopf, „der heilige Christ muß net bloß im Dezember und net bloß in der Kirch kumma; heuer wor amol die Christnocht im Januar und in meiner Werkstott."
„Ich kumm gleich wieder!" rief das Gretelein.
Als der Frieder aufsah, da war das Kind schon über den verschneiten Hof davongerannt, um auch der Mutter zu berichten vom Weihnachtswunder im Januar.

GLORIA IN EXCELSIS DEO

FRÄNKISCHES WIEGENLIED

Es dunklt scho draußn, ka Stern is zu sehn,
es schneit ausn Himml, a Windla tut wehn.
  Schlof mei klans M a d l a, schlof mer schö ei,
  es Christkindla guckt scho vom Fenster draun rei.

Die Türm und die Dächla sen weiß zugedeckt,
die Felsn hom sich scho im Schnee ganz versteckt.
  Schlof mei klans B ü b l a, schlof mer schö ei,
  es Christkindla guckt scho vom Fenster draun rei.

Es riecht vo der Küchn durch unner ganz Haus
noch Hutzln und Plätzla, noch Feiertagsschmaus.
  Schlof mei klans M a d l a, schlof mer schö ei,
  es Christkindla guckt scho vom Fenster draun rei.

Wennst brov bist, bringts Christkind die allerschönst Wor,
wennst bös worst, dann ziecht dich der Niklaus am Hoor.
  Schlof mei klans B ü b la, schlof mer schö ei,
  es Christkindla guckt scho vom Fenster draun rei.

Der Gaul und die Kuh schlöft, sogor unner Hund,
etzt macht eura Agn zu, es schlägt grod die Stund.
  Schloft, meina K i n n e r, schloft mer schö ei,
  es Christkindla k u m m t scho vom Fenster draun rei.

FRÄNKISCHES WIEGENLIED 1953

DAS ESELSPRIVILEG

Es geschah zu jener Zeit, als die Sommer noch Sommer waren und die Winter noch Winter und die Müller in der Fränkischen Schweiz noch Esel hatten. Diese Grautiere mußten Getreide- und Mehlsäcke tragen und waren außerdem in der Lage, kleine Wagen mit verschiedenen Lasten zu ziehen.

So ein nützliches Eselein hatte auch der Wiesentmüller. Aber eines Tages schaffte er sich zusätzlich ein Pferd an, einen Schimmel. Der Gaul war nun des Müllers ganzer Stolz. Ihn spannte er vor die Kutsche, wenn er sonntags mit seiner jungen Frau zur Kirche fuhr, ihm steckte er laufend extra Leckerbissen zu, ihn streichelte und tätschelte er, und er achtete sehr darauf, daß der Mühlenknecht das Tier nicht überanstrengte und ihm keine zu große Lasten auf den Wagen lud.

Je mehr der Müller den Schimmel bevorzugte, desto weniger wurde der alte Esel beachtet. Er verrichtete seit Jahren getreulich seine Arbeit für den Müller, war anspruchslos und genügsam. Nun, da er den Stall mit dem Schimmel teilen und miterleben mußte, daß der faule Schimmel dem Müller alleine lieb war, wurde der Esel unzufrieden. Aber er hatte ja keine Möglichkeit, dem Müller sein Mißbehagen zu zeigen.

Dazu kam noch, daß das Pferd im Stall ein sehr unkameradschaftlicher Partner war. So blies es mit seinen großen Nüstern bei jeder Fütterung in seinen Futterbarren, daß das eingehäckselte, trockene und wertlose Stroh hinüber in den Futtertrog des Esels flog. Nicht genug damit. Immer, wenn es möglich war, streckte der Schimmel seinen großen Kopf zum Esel hinüber und angelte sich die besten Bissen aus dessen Futterkrippe heraus. Wenn der Esel darüber zornig wurde und das zu verhindern suchte, bleckte der Schimmel bedrohlich seine gelbweißen, riesigen Zähne, so daß dem Esel nichts anderes übrig blieb, als dies zu dulden.

Am Tage vor dem Heiligen Abend war der feiste Schimmel bei einer Fahrt ohne Lasten auf einer gefrorenen Pfütze ausgerutscht, hatte sich dabei sein linkes Sprunggelenk etwas verstaucht und lahmte nun. Und wie sich der Gaul anstellte! Er trat mit dem linken Hinterfuß nicht mehr auf, man hatte den Eindruck, er litte Höllenqualen, dabei war das Gelenk kaum angeschwollen. Der Esel war schon ein

bißchen schadenfroh, wenngleich er sich nichts anmerken ließ.
In der heiligen Nacht, am 24. Dezember also, können bekanntlich alle Tiere reden. Das war nun für den Esel die Möglichkeit, dem eingebildeten Schimmel einmal richtig die Meinung zu sagen.
Am Abend hatte der Müller den beiden Tieren besonders gutes Futter in die Krippen gefüllt. Es war ja schließlich heilige Nacht. Als aber der Schimmel wie üblich versuchte, sein gefräßiges Maul auch in des Esels Futterbarren zu schieben, wurde dieser ärgerlich.
„Jetzt hab ich aber genug von deinen Unverschämtheiten!" sagte der Esel und räumte sein Futter in die andere Ecke des Barrens, so daß der Schimmel es nicht erreichen konnte. Und als der seine großen Zähne zeigte, fügte der Esel mutig hinzu:
„Und wenn du nicht dein häßliches Maul aus meinem Futtertrog nimmst, dann beiß ich dich in die Nüstern, daß sie dir mehr weh tun als dein lahmes Bein!"
Der Gaul konnte gar nicht fassen, daß der kleine Esel so respektlos mit ihm sprach. Das war ja unerhört, was dieser dumme Esel sich da erlaubte. Der Schimmel prustete bedrohlich:
„Was fällt dir ein, so mit mir zu reden?"
Aber bevor er noch weiter auftrumpfen konnte, sagte der Esel mit einem energischen Ton in der Stimme:
„Heute fürchte ich mich vor keinem Tier der Welt; und schon gar nicht vor so einem ungehobelten und eingebildeten Gesellen, wie du einer bist. Heute ist Heiliger Abend und da kann kein Geschöpf auf Erden einem Esel etwas antun!"
Das hatte der Schimmel seiner Lebtag noch nicht gehört, und so wollte er dem Esel gleich beweisen, daß dies Unsinn sei. Er schnappte nach des Esels große Ohren und – biß sich selbst auf die Lippen!
„Au!" schrie er und setzte wütend einen zweiten Biß nach. Auch diesmal erwischte er nicht des Esels Kopf, sondern wieder nur seine eigenen Lefzen. Nun geriet der Schimmel außer sich vor Zorn und versuchte, mit dem Huf den Esel zu treffen. Sein Schlag ging aber nur an den Trennbalken zwischen den beiden Tieren, daß es einen gehörigen Krach gab.
„Au!" schrie er wieder und wußte nun nicht, ob sein lahmes Bein, seine aufgebissenen Lippen oder sein Huf ihm mehr Schmerzen bereiteten.

Ratlos, feindselig und unsicher starrte das Pferd zum Esel hinüber. Der kaute seelenruhig in seinem Futter herum. Nach einer Weile hob der Esel seinen Kopf aus der Futterkrippe und fragte betont herablassend:
„Na, willst du nicht noch einen Angriff wagen, oder hast du nun endlich kapiert, daß ein Esel am Heiligen Abend unter einem besonderen Schutz steht?“
Der Schimmel hatte keine Lust mehr, noch etwas gegen den Esel zu unternehmen, und so fragte er eher kleinlaut:
„Und was soll das für ein besonderer Schutz sein?“
Da setzte der Esel zu einer längeren Rede an und dem Schimmel blieb nichts anderes übrig, als staunend zuzuhören.
„In der Heiligen Nacht“, fing der Esel an, „als das Christkind in einem Stall geboren wurde, da haben bekanntlich ein Ochs und ein Vorfahre von mir, ein Esel also, das neugeborene Kindlein mit ihrem Atem erwärmt. Sonst hätte der Jesusknabe möglicherweise nicht einmal die erste Nacht seines Erdenlebens unbeschadet überstanden. Und als Herodes die Kinder von Betlehem ermorden ließ, da flüchteten bekanntlich Josef und Maria mit ihrem kleinen Buben nach Ägypten. So“, sagte der Esel, und seine Stimme hob sich, „und wer hat die heilige Familie vor den Mördern in Sicherheit gebracht?“ Die Antwort gab der Esel selbst: „Wieder ein Ahnherr von mir, ein Esel hat sie getragen, als sie nach Ägypten geflohen sind.“
Hier machte der Esel eine Pause. Er blickte zu dem Schimmel hinüber, der schon nicht mehr ganz so stolz und überheblich dreinblickte wie sonst. Da fuhr der Esel fort:
„Ja, aber noch einmal ist eine Ahnin von mir in der Heiligen Schrift hervorgehoben. Als nämlich am Palmsonntag vor seinem Tod Christus als König in Jerusalem einzog, da ritt er nicht auf einem Schimmel, nein, er ließ sich eine Eselin bringen, die ihn durch die jubelnde Menge in die Stadt trug! Da staunst du, was?
Ist dir nun klar, warum der HERR uns für den Tag seiner Geburt das Privileg der Unverletzlichkeit geschenkt hat? Kein anderes Tier auf der Welt hat er damit ausgezeichnet.“
Damit war der Esel aber noch nicht am Ende. Er fuhr geringschätzig fort:
„Und weißt du, was deine Vorfahren für den Gottessohn getan haben, als er noch auf Erden wandelte? Nichts! Ein Vorfahre von dir, Schimmel, hat den Hauptmann

getragen, der das Hinrichtungskommando für Christus anführte, und der hat auch noch hoch zu Roß dem Herrn am Kreuz mit einer Lanze in die Seite gestochen!"
Der Schimmel hatte sprachlos zugehört. Zuletzt hatte er den Kopf gesenkt, als ob er sich schämen müßte. Nun schwieg der Esel eine Weile. Der Schimmel hielt seinen mächtigen Kopf immer noch gesenkt.
„Laß gut sein, Schimmel!", sagte schließlich der Esel, „und sei künftig nicht mehr so böse zu mir. Laß uns ab heute gute Stallgenossen sein. Und vergiß nicht, daß wir Esel ein göttliches Privileg unter den Tieren haben!"
Zum ersten Mal sah da der Schimmel dem Esel in die Augen, und es waren weder Haß noch Überheblichkeit in seinem Blick.

Ausgerechnet am 1. Weihnachtsfeiertag bekam die Müllerin Wehen. Es blieb nicht viel Zeit zu überlegen, wie die Hebamme auf schnellstem Wege herbeigeschafft werden könnte.
Der Müller kam in den Stall, besah kopfschüttelnd seinen lahmenden Schimmel, schirrte den Esel ein und fuhr mit ihm nach Muggendorf, um die Hebamme zu holen. Das Eselchen lief, als ginge es um sein eigenes Leben. Rechtzeitig war man in der Mühle zurück. Zwei Stunden später hatte die Müllerin ein gesundes Büblein zur Welt gebracht.
Am Abend kam der Müller in den Stall. Sein erster Weg war nicht der zum Schimmel. Er streichelte, was er schon lange nicht mehr getan hatte, den Esel und sagte:
„Auf dich ist halt Verlaß, mein guter Grauer!"
Dann klopfte er ihm den Hals und schob dem Esel ein paar gelbe Rüben zwischen die Zähne, bevor er auch dem Schimmel ein gutes Wort gab.
Sprechen konnte der Esel ja nun nicht mehr, aber durch seinen grauen Kopf ging der schöne Gedanke:
„Es ist schon eine feine Sache, wenn man einem Geschlecht angehört, das der HERR selbst mit weihnachtlichen Privilegien ausgestattet hat."

WEIHNACHTSGESCHENKE

Ja, wenn man halt älter wird, dann läßt vieles nach. Zum Beispiel das Gedächtnis. Es ist schon eigenartig, das, was früher war, das bleibt drin, und das, was gestern war, das fällt gleich wieder raus. Aus dieser Tatsache resultieren mancherlei Verlegenheiten und Peinlichkeiten.

Da haben zum Beispiel der alte Josef und seine Kuni vor einigen Jahren schon vereinbart – als sie bereits ihren Hof übergeben hatten und ins Altenteil gezogen waren –, daß sie sich nun zu Weihnachten nichts mehr schenken wollten.

Das Schenken hat sich ohnehin im Laufe der Jahre sehr gewandelt. Wenn man jung ist, dann bekommt man viel geschenkt, und es sind in der Mehrzahl Sachen, die man zum Leben eigentlich gar nicht braucht. Wenn man dagegen alt ist, dann bekommt man weniger geschenkt, aber es handelt sich dann um Sachen, die man nötig braucht: zum Beispiel Handschuhe, ein neues Hemd oder eine Flasche Schnaps. Da man aber diese Dinge nicht unbedingt gerade zum Heiligen Abend benötigt, kann man sie sich auch sinnvollerweise dann erwerben, wenn man sie halt wirklich braucht.

Das waren die Überlegungen, die der Josef und seine Kuni angestellt haben und die sie dann zu dem gemeinsamen Beschluß kommen ließen, sich zum Heiligen Abend künftig nichts mehr zu schenken.

Als aber dann die Adventszeit herankam, da war den beiden Alten doch nicht so ganz wohl bei ihrer Abmachung, und jeder von ihnen dachte darüber nach, mit welcher Kleinigkeit wenigstens er den anderen zum Fest überraschen könnte. Geredet haben sie darüber aber nicht miteinander.

Da entdeckte die Kuni eines Tages in ihrem Wäscheschrank hinter dem Bettzeug eine längst vergessene Flasche mit abgelagertem Zwetschgenschnaps. Da dachte sie, daß sie damit ihrem Josef schon eine kleine Weihnachtsfreude machen könnte, und damit sie die Flasche auch gleich zur Hand hätte, legte sie diese in ihr eigenes Hemdenfach. Darin würde der Josef kaum herumkramen. Beim nächsten Hemdenwechsel meinte sie aber, daß man die Flasche hier eventuell doch entdecken könnte, und sie stellte sie in ihr Küchenschränkchen. Freilich bemerkte sie bald, daß der Josef auf der Suche nach Streichhölzern für seine Pfeife gerade dort nachsah, und

deshalb wanderte die Flasche unten in die große Standuhr, die in der Ecke der Wohnstube stand.
Die Kuni erschrak heftig, als sie eines Tages zusah, wie der Josef die Uhr aufzog. Daß sie daran nicht gedacht hatte! Er öffnete den Kasten, zog die Gewichte hoch, schupste den Perpendikel an und schloß die Tür. Von der Flasche hatte er glücklicherweise nichts gemerkt, und so hatte die Kuni Gelegenheit, den kostbaren Schatz dort wieder herauszuholen und in der Holzlege hinter den Reisigbündeln zu verbergen. Hier schien die Flasche sicher, denn Anschürholz holte die Kuni immer selber.
Als am nächsten Tag jedoch der Johann seiner Kuni unaufgefordert zum Anschüren ein Reisigbündel in die Küche brachte, wußte die Kuni, daß ihre Flasche nun dort auch nicht mehr in Sicherheit war, und sie holte den Schnaps heraus und stellte ihn in das oberste Regal im Flur. Aber auch das war nicht der letzte Platz. Die Flasche wurde noch mehrmals umgesiedelt.
Dem Josef erging es ähnlich mit seinem Überraschungsgeschenk. Er hatte in der Stadt eine Schachtel Pralinen erstanden, die, mit weihnachtlichem Dekor versehen, ihm besonders in die Augen gefallen war. Pralinen waren in einem Bauernhaushalt ohnehin eine Rarität, und daß seine Kuni gerne einmal ein wenig naschte, war in der Familie kein Geheimnis.
Er schob die Pralinen zuerst in sein Nachtkästchen. Bei entsprechender Gelegenheit fand er aber, daß die weihnachtliche Kostbarkeit nicht unbedingt in der Nähe des Nachttopfes aufbewahrt werden müßte, und so steckte er die Pralinenschachtel kurzerhand unter sein Kopfkissen. Das war natürlich kein Dauerversteck. Als die Kuni am Vormittag einmal das Haus verließ, um zu den Kindern hinüberzugehen, nahm er schnell die Packung, um ein besseres Versteck für sie zu suchen. Er hatte die Pralinen gerade aus dem Bett geholt, da kehrte die Kuni zurück, weil sie etwas vergessen hatte.
„Was kramst du denn noch in der Schlafstubn rum?“ fragte sie ihren verdatterten Mann. Doch bevor dem eine Ausrede eingefallen war, hatte sie schon wieder die Haustür von außen zugemacht. Der Josef atmete auf.
Dann eilte er mit seiner Schachtel in die Wohnstube. Er steckte sein geheimes Geschenk zunächst in die unterste Schublade der Kommode. Dort lag es aber nicht lange, denn dieser Platz war keinesfall sicher genug. So holte er die Schachtel wieder

hervor und legte sie, indem er auf einen Stuhl stieg, ganz oben auf der Vitrine ab. Da konnte die Kuni nicht hinaufsehen, da konnte sie die Pralinen nicht bemerken.
Am Abend versetzte die Kuni ihren Mann aber in ordentlichen Schrecken, als sie verkündete, daß sie morgen mit dem Weihnachtsputz anfangen würde. Da wußte der Josef, daß seine Pralinen am jetzigen Ort nicht mehr sicher waren. Eigentlich gibt es jetzt gar keinen Platz in dem ganzen Häuschen, wo die Kuni nicht hinkommen wird, dachte er bei sich.
Als die Kuni anderntags tatsächlich nach dem Frühstück den Josef bat, die Stufenleiter zu holen, da wußte er, daß es nun Ernst wurde. Er holte heimlich seine Schachtel von der Vitrine herunter und trug sie auf leisen Sohlen in die Schlafstube, wo er sie wieder einmal unter seiner Zudecke verbarg. Vor dem Schlafengehen schmuggelte er jedoch sein süßes Geheimnis in das oberste Regal in der Speisekammer. Noch bevor die Kuni am anderen Tag mit ihrem Hausputz in der Speisekammer auftauchte, versteckte der Josef die Pralinenschachtel in der Holzlege hinter dem Stapel Spaltholz. Dort befand sie sich zwei Tage lang in verdächtiger Nähe zu Kunis Schnapsflasche. Nach Beendigung des Hausputzes wanderte die Schachtel wieder ins Häuschen zurück, wo sie aber noch mehrmals ihren Standort wechseln mußte.
Schließlich kam der Weihnachtsabend heran, und wer glaubt, daß auf einem Juradorf solch ein Fest ohne beunruhigende Geschäftigkeit und Turbulenz gefeiert werden könnte, der irrt sich sehr.
Großmutter Kuni half den Kindern beim Backen und Vorkochen, Großvater Josef ging mit den Enkeln in den Wald, um die Christbäume zu schlagen. Großmutter bewies alle Jahre wieder, daß sie als Stollenbäckerin immer noch unschlagbar war, und der Großvater stellte mit viel Liebe und Kunstsinn die alte Familienkrippe auf, wobei er streng darauf hielt, daß jeder Hirte und jedes Schäfchen alle Jahre genau die gleichen Positionen einnahmen. Jedenfalls gab es immer in den Tagen vor dem Christfest viel zu tun und vieles zu bedenken.
Der Heilige Abend selbst lief in herkömmlicher Weise ab. Man ging zu den Kindern über den Hof und ins Dorf, man brachte ihnen und den Enkeln kleine Geschenke, man aß mit ihnen zu Abend, und man trank ein Gläschen. Danach gingen die Kuni und ihr Josef in ihr Austragshäuschen zurück, um zu warten, bis die Glocken zur

Mitternachtsmette riefen. Dies war die Zeit, wo die beiden Alten für sich selbst die Kerzen an ihrem kleinen Bäumchen anzündeten und früher ihre bescheidenen Geschenke austauschten.
Dieser Geschenketausch sollte aber in diesem Jahr verabredungsgemäß unterbleiben. Dennoch hatte aber jeder seine kleine Überraschung vorbereitet.
Nun saßen sie also beide in ihrem warmen Stübchen und sahen ein wenig müde in die Lichter der Kerzen. Da stand die Kuni ganz nebenbei einmal auf und ging auf den Gang hinaus. Dort stand sie eine kurze Weile und überlegte angestrengt, bis sie sich entschloß, die Schnapsflasche aus dem Hemdenfach zu holen. Als sie hineingriff, wußte sie bereits, daß die Flasche ja dort längst nicht mehr war. Aber wo war sie nun eigentlich? Die Kuni hastete noch schnell zum Küchenschränkchen, und auch da war ihr klar, daß sie den Schnaps dort nicht vorfinden würde. Um nicht aufzufallen, ging sie zum Klo und schlug die Tür so heftig zu, daß der Josef im Zimmer dieses bekannte Geräusch vernehmen mußte. Nun aber stand sie vor der Tür und dachte nach.
„Wo hab ich denn eigentlich zuletzt die Flasche hingeräumt?“ fragte sie sich selbst. Je angestrengter sie nachdachte, desto weniger konnte sie sich aber daran erinnern, und desto unklarer wurden ihre Gedankengänge. Schließlich ging sie ohne Geschenk in die Wohnstube zurück. Dort fand sie ihren Josef auf einem Stuhl stehend vor der Vitrine.
„Ja, Alter, was machst du denn am Heiligabend auf dem Stuhl mitten im Zimmer? Hat's dich jetzt?“ sagte sie kopfschüttelnd.
Der Josef beeilte sich, von seinem Stuhl herabzusteigen. Verlegen schaute er zum Boden und wollte schon sagen, daß er den kleinen Christbaum einmal von oben habe ansehen wollen, als ihm glücklicherweise doch noch eine bessere Ausrede einfiel:
„Ich glaub da ist ein Mäusla droben auf der Vitrine. Das ist sicher von der Lamperie aus nübergerannt“, murmelte er und nahm schleunigst wieder auf dem Stuhl Platz.
Es dauerte nicht lange, da stand der Josef aber wieder auf, verließ die Stube, öffnete geräuschvoll die Tür des Klos, ging aber nicht hinein, sondern schlich auf Zehenspitzen in die Speise, schloß lautlos die Tür, fingerte vergeblich auf dem Regal herum und schlich zurück auf den Gang. Dort kratzte er sich auf dem Kopf, aber das half auch nichts, er konnte sich einfach nicht mehr erinnern, an welchem Platz er

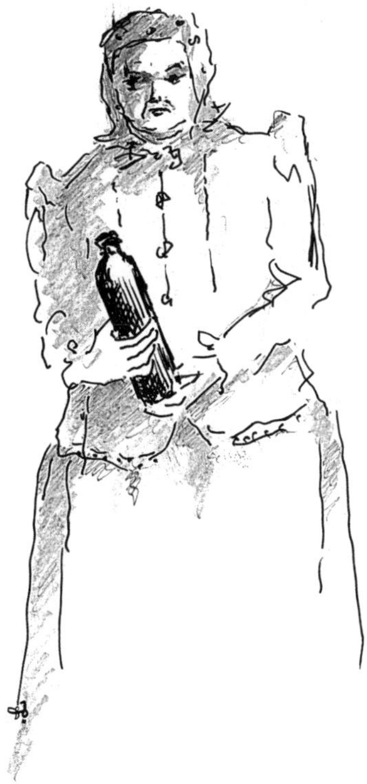

letztendlich die Pralinen verborgen hatte. Geräuschvoll hantierte er dann an der Klotür und kam schließlich mit einer harmlosen Miene wieder ins Zimmer zurück. Dort bemerkte er sofort, daß die Tür der Standuhr offen stand.

„Was hast du denn an der Uhr gemacht?" fragte er verwundert und schloß mit den beiden Seitenhäkchen selbst die Uhr zu. „Ich hab doch die Uhr erst aufgezogen", fügte er noch hinzu. Der Kuni fiel aber nichts darauf ein, und da tat sie einfach so, als habe sie die Frage überhört, weil sie schon wieder dabei war, die Stube zu verlassen. Sie wollte einen erneuten Anlauf nehmen, um ihr Geschenk nun endlich zutage zu fördern. Wieder hörte der Josef die Klotür, während er schnell die Kommodenschubladen öffnete, in seiner Verzweiflung auch die, in der er seine Pralinenschachtel niemals versteckt hatte.

Die Kuni durchsuchte inzwischen vergeblich das Regal im Flur und trat, nach erneuter Betätigung der Klotür, wieder ins Zimmer.

„Ich glaub, du hast dir dei Blas'n verkühlt, weil du andauernd aufs Klo mußt", sagte der Josef und sah besorgt seine Kuni an. Diese wich dem Blick aus und meinte:

„Kein Wunder bei dem Sauwetter und der Kält!"

Dabei beließen es die beiden. Jeder hing seinen Gedanken nach, aber keinem gelang eine zuverlässige Rekonstruktion seines zurückliegenden Versteckspieles.

Sehr viel später erhob sich der Großvater und ging nochmal hinaus. Die Großmutter meinte, nun sei er auf das Klo gegangen und wollte die Gelegenheit nützen, schnell in der Holzlege nach dem verschwundenen Schnaps zu sehen. Ob sie ihn vielleicht dort hatte stehen lassen? Als sie in den Schuppen eintrat, öffnete der Großvater gerade das Licht darin.

Jeder erschrak beim Anblick des anderen heftig.

„Noch ein Reisig holen für morgen", sagte der Josef mit trockenem Hals verlegen und nahm schnell ein Bündel in die Hand.

„Das hab ich mir auch grad gedacht", antwortete beflissen die Kuni und ergriff ebenfalls ein Reisigbündel. Und nun trugen sie einträchtig ihr Anschürholz in die Küche, wo aber bereits ein ausreichender Vorrat in der Herdecke gestapelt war. Dieser Umstand wurde aber von keinem weiter ins Gespräch gebracht.

Da läuteten die Glocken zur Christmette; die Sucherei war nun endgültig zu Ende. Es war bei der Abmachung geblieben, es hatte keine Geschenke gegeben. Der Rest des Abends verlief wie alle Jahre zuvor.

Übrigens tauchte der Schnaps noch rechtzeitig vor Josefs Geburtstag auf und erfüllte so doch seinen Zweck, und die Kuni erfreuten schließlich zu Ostern die feinen

Pralinen. Freilich hatte der Josef das Weihnachtsdekor mit großer Mühe vorher sorgfältig entfernt.

Geredet haben die beiden Alten nicht über die Panne, jeder hütete peinlich das Geheimnis seiner Vergeßlichkeit. Jeder aber nahm sich vor, im nächsten Jahr zu Weihnachten alles besser zu machen. Sie hatten sich, natürlich unabhängig voneinander, fest vorgenommen, erstens das Versteck außerhalb der unmittelbaren Reichweite des Partners anzulegen und zweitens es auf gar keinen Fall wieder zu wechseln und zu vergessen.

Trotzdem erneuerten sie bei Gelegenheit scheinheilig ihre Abmachung, es sollte auch künftig zu Weihnachten keine Geschenke geben.

Nichtsdestotrotz erwarb der Josef für die Kuni im Spätherbst ein neues Kopftuch, und die Kuni erstand auf dem Markt für ihren Josef einen Pullover. Der war zwar ziemlich auffallend mit bunten Längsstreifen versehen und eigentlich für ihren alten Josef etwas zu jugendlich und modisch; der günstige Preis gab aber dann doch die Entscheidung für einen Kauf.

Da jeder sein Geschenk nicht mehr im eigenen Häuschen verstecken wollte, lag der Gedanke nahe, es im Hause des Sohnes auf der anderen Hofseite unterzubringen. Da waren ja nur ein paar Schritte hin. So hüllten sie unabhängig voneinander ihre Weihnachtsgaben in unauffällige Tüten und stellten diese bei Gelegenheit in der Rumpelkammer des Haupthauses ab. Die Kuni und der Josef teilten dies unter dem Siegel der Verschwiegenheit der Schwiegertochter mit. Sonst hatte eigentlich keiner etwas in der Abstellkammer zu suchen, und so mußte auch mit niemand sonst über das Geheimnis gesprochen werden.

Die Tage der Vorweihnachtszeit gingen dahin; der Josef und die Kuni dachten zwischendurch immer wieder an ihre Geschenke und an das sichere Versteck, wo diese auf den Heiligen Abend warteten. Diesmal mußte die Überraschung endlich gelingen. Davon waren beide überzeugt.

Am Weihnachtsabend lief alles in der gewohnten Weise ab. Zu vorgerückter Zeit verließ der Josef die Stube. Das schien die Gelegenheit für die Kuni, ihr Geschenk zu holen. Sie lief die wenigen Schritte über den Hof ins Haupthaus hinüber, steuerte auf die Abstellkammer zu, riß eiligst die Tür auf und sah zu ihrer riesigen Überraschung, daß darin das Licht brannte und ihr Josef dort in einer Ecke stand und offensichtlich etwas suchte. Der Josef fuhr erschreckt hoch und starrte wie versteinert seine Frau an.
„Ja, was suchst du denn da herin?" fragte sie entgeistert, denn sie vermutete, daß er hinter ihr Geheimnis gekommen war und nun seinen Pullover selbst hervorholen wollte.
Dem Josef war die peinliche Situation ebenfalls unheimlich. Ob sie das Versteck für ihr Tuch wohl längst entdeckt hatte und nun danach suchte?
„Was ich such?" fragte er, „ ich such dein Gschenk".
Sie wurde blaß.
„Mein Gschenk suchst du? Ja, woher weißt du denn das? Und meinst du nicht, daß ich das selber holen müßt?"
Der Johann verstand nun gar nichts mehr, und er murmelte unsicher:
„Na, Kuni, wir spielen doch jetzt net Osterhasen. Ich bring dir doch dein Gschenk nüber in die Stubn."
Die Kuni blickte überhaupt nicht durch und meinte gereizt:
„Also, daß du mein Gschenk da herinnen suchst und es nüber zu uns trägst, daß ich dirs schenk, das ist doch scho saudumm! Soviel hast du doch heut abend gar net getrunken!"
Der Josef war beinahe beleidigt über diesen Wortschwall, aber dann wollte er die Sache schon genau geklärt haben, und da ihm langsam ein Licht aufzugehen schien, holte er zuerst tief Luft, dann eröffnete er seiner Ehefrau sehr gedehnt und etwas zu laut:
„Also, daß das klar ist: Ich such mein Geschenk, das ich dir gekauft hab und das ich hier versteckt hab."
Während er das sagte, kam ihm in den Sinn, daß hier eine Verwechslung vorliegen könnte, da „mein Gechenk" das ist, was ich selbst für jemand vorgesehen hab, und daß „mein Geschenk" natürlich auch das ist, das jemand mir schenken will.
Jetzt dämmerte es auch bei der Kuni, und etwas weinerlich sagte sie:

„Und ich such dein Gschenk; also ich mein das, das ich für dich gekauft hab und das ich in der Kammer hier versteckt hab."
Nun mußten sie beide lachen, und sie machten sich gemeinsam auf die Suche nach ihren Weihnachtsgeschenken in der Rumpelkammer.
Die Suche war allerdings vergeblich! Beide Geschenke waren in der Kammer nicht mehr aufzufinden. Aber das ließ sich ja gleich klären, man mußte nur die Schwiegertochter fragen.
Jetzt wurde es aber doch vertrackt! Die wußte nur, daß man zwei Tüten hier abgestellt hatte; sie hatte sich weiter nicht darum gekümmert und auf Ehr und Gewissen keine entfernt. Alles sah sich fragend an. Die Schwiegertochter fragte ihren Mann und die älteren Kinder. Niemand wußte etwas. Nur Felix, der kleinste Enkelsohn, der nicht gefragt worden war, konnte sehr schnell Licht in das Dunkel bringen.
Die Ministranten im Dorf hatten vor etwa drei Wochen eine Kleidersammlung für die Armen der dritten Welt durchgeführt. Die großen Kinder der Familie hatten sich daran beteiligt und die vorbereiteten Kleidersäcke aus der Rumpelkammer auf die Straße getragen. Der kleine Felix hatte auf seine Weise auch sein Schärflein beigetragen und den Armen geholfen. Er hatte, von allen unbemerkt, die zwei Tüten mit Textilien aus der Abstellkammer dazugestellt, und nun waren die sicher bereits unterwegs nach Afrika. Die armen Empfänger würden gewiß an dem bunten Pullover des Großvaters und an dem warmen Kopftuch der Großmutter ihre Freude haben.
Na ja, da lachte die ganze Familie, und der Josef und die Kuni lachten schließlich auch. Man hatte ja ein gutes Werk zu Weihnachten getan, wenngleich es so nicht beabsichtigt gewesen war. Wer könnte sich darüber schon ernsthaft ärgern.
Im nächsten Jahr haben jedoch die Kuni und ihr Josef ihr Versprechen, sich nichts mehr zum Weihnachtsfest zu schenken, einmütig und endgültig aufgehoben.
„Es ghört halt dazu", meinten sie einvernehmlich.
Jeder hat sein kleines Geschenk an einem bekannten Ort gelagert und zum anderen gesagt:
„Also, daß du fei nicht da rein schaust, da ist nämlich dein Christkindla drinnen!"
Und an diese Weisung haben sich beide auch immer strikt gehalten.

HEILIGABEND

Am Horizont verbleicht das Licht,
die fahle Sonne geht zur Ruh,
aus schweren Wolken sinken dicht
die Flocken, fallen immerzu.

Die Wälder tragen schwere Last,
weißbehaubt wird jedes Dach.
In den Häusern frohe Hast,
jedes Kind ist heut noch wach.

Aus den Fenstern schimmern Lichter,
in jeder Stube wächst ein Baum,
Freude strahlen die Gesichter:
Es träumt die Welt den Weihnachtstraum.

DER PAUL IM GÖSSWEINSTEINER HIMMEL

Es begann im fernen Sibirien. Der Paul war als Kriegsgefangener im 2. Weltkrieg in ein Lager weit hinter den Ural deportiert worden. Steter Hunger, schlechte Verpflegung, unfaßbare Kälte, härteste Arbeit, minimale medizinische Versorgung waren die Ursachen dafür, daß viele Lagergenossen von Paul erkrankten und viele davon starben.

Es war am Heiligen Abend des Jahres 1945, als Paul zusammenbrach. Mit heftigem Fieber und Schüttelfrost brachten ihn seine Kameraden in die Krankenbaracke. Viel konnte man dort auch nicht für ihn tun. Die Diagnose hieß Lungenentzündung, und das war beinahe schon ein Todesurteil.
In seinen Fieberträumen sah sich der Paul vor dem Thron Gottes stehen. Und der befand sich in der Basilika von Gößweinstein! Am großen Hochaltar öffneten schwebende Engel einen riesigen goldenen Vorhang, Gestalten aus dem alten Testament und bedeutende Heilige blickten ehrfurchtsvoll hinauf zur Dreifaltigkeit, die sich um die Mutter Gottes gruppiert hatte.
Dem Paul war ganz leicht ums Herz, denn er hatte das Gefühl, daß er mit ein paar Schritten unmittelbar vor dem göttlichen Erscheinungsbild stehen und niederknien könne und fortan eingebunden sei in die ewigen Freuden des Himmels.
Nun sah er gar, wie die beiden großen Engel, die den Vorhang hielten, ihn mit Gesten einluden, einzutreten in den Himmel von Gößweinstein.
Paul sank in einen tiefen, ohnmächtigen Schlaf.
Es grenzte an ein Wunder, daß der Paul die schwere Krankheit überlebte und soweit gesundete, daß er zwar als dauernd arbeitsunfähig galt, jedoch als transportfähig eingestuft wurde. Eines Tages wurde er in einen Transportzug verladen, der sich in Richtung Heimat in Bewegung setzte.
Als er endlich in die Fränkischen Schweiz heimgekehrt war, da war er ein krankes, abgezehrtes, elendes Bündel Mensch, zu keiner Arbeit fähig. Zwar war er nun leiblich daheim, sein Geist aber schien fern. Seine eigene heimatliche Welt war ihm fremd. Er ging durch die Tage wie ein stummer Traumwandler, und nachts träumte er vom Lager in Sibirien, von den vergessenen Kameraden dort. Der Paul war ein Sonderling geworden. Seine Angehörigen umgaben ihn mit Sorge und Liebe, aber irgendwie schien er abwesend, ein Fremder unter Fremden. Daran änderte auch die Tatsache nichts, daß er sich körperlich langsam aber stetig kräftigte.
Als bald das Weihnachtsfest herankam, teilte er seinen Angehörigen mit, daß er zur Christmette in die Basilika nach Gößweinstein müsse; zu Fuß und allein. Man ängstigte sich um ihn und erbot sich, ihn zu begleiten, ihn nach Gößweinstein zu fahren. Der Paul lehnte ab.

Am Heiligabend, als es dämmerte, nahm er die alte Stallaterne, entzündete eine Kerze darin, zog sich warm an und verließ das Haus. Sein Weg führte zunächst wiesentabwärts durch das Tal. Es war eine schneelose, sehr kalte Nacht. Ein gutes Stück nahm er den Weg, der neben dem Flüßchen herführt. Er hörte das Wasser, das in schnellen Kringeln um die Erlenwurzeln der Uferböschung plätscherte, und dachte an den Bach, der das sibirische Lager durchflossen hatte. Er sah die dünnen Nebelschleier, die über dem Grund schwebten, und erinnerte sich an den Dunst, der in kalten Wintertagen über den Baracken gehangen war. Er blickte hinauf zu den Sternen, die hellglänzend am schwarzen Firmament funkelten. Es waren die gleichen Sterne, zu denen er in den russischen Nächten hinaufgeblickt hatte.

Eine tiefe innere Unruhe beflügelte seine Schritte. Die Laterne konnte den Weg nur schwach erhellen. Paul schritt mit der Sicherheit eines Nachtwandlers über die Unebenheiten unter seinen Füßen.

Bei Behringersmühle bog er ab und schritt bergan in Richtung Gößweinstein. Nun war er nicht mehr allein. Viele Menschen pilgerten auf dieser Straße hinauf zur Kirche der heiligen Dreifaltigkeit. Die meisten Weihnachtspilger überholten Paul. Er spürte nun, daß er seine alten Kräfte noch lange nicht wiedergefunden hatte. Er mußte häufig stehenbleiben und verschnaufen. Trotz der Kälte bildeten sich kleine Schweißtropfen auf seiner Stirn.

Aber schließlich hatte er es geschafft. Er stieg die Stufen zur Balustrade hinan, sah vor sich die angestrahlte Sandsteinfassade in den schwarzen Himmel ragen und wurde, ehe er sich dessen versah, von der zuströmenden Menge zum Portal in die Kirche hineingeschoben.

Der Kirchenraum war mit Besuchern angefüllt. Aber Paul nahm die Menschen kaum wahr. Er starrte nur wie gebannt vor zu Meister Küchels Hochaltar, auf die große, leuchtende Goldkugel, über der in einem Reigen von Engeln Gottvater und –Sohn der Mutter Maria die Krone auf das Haupt setzten. Über dieser frommen Szene schwebte das Symbol des Heiligen Geistes, die Taube. Für den Heimkehrer ein Bild unbeschreiblicher Herrlichkeit. So hatte er es in seinem russischen Fiebertraum gesehen.

Da geschah etwas mit Paul. Wie benommen tauchte er unvermittelt in den Zustand seiner Fieberphantasien zurück.

Es war ihm, als blickte er abermals in den Himmel, vor dem die Engelschar den goldenen Brokatvorhang öffnete.
Die Christmette begann. „Stille Nacht, heilige Nacht" klang es gläubig durch den hohen Raum. Pauls Stimme versagte. Nur leise konnte er die bekannte Weise mitmurmeln. Das Wasser in seinen Augen ließ all den Glanz verschwimmen zu einem goldenen Sternenreigen. Alles kreiste, alles schwebte, alles glänzte. Paul war es, als ob er den Boden unter den Füßen verlöre. Er sah sich um, ob nicht irgendwo in seiner Nähe ein Platz in einer Bank frei wäre. Alles war besetzt, die Menschen standen dicht bei dicht.
Paul sah hilfesuchend um sich. Er spürte, daß seine Beine bald ihren Dienst versagen würden. Da erblickte er neben einem Seitenaltar einen leeren Beichtstuhl in seiner Nähe. Er bahnte sich mit unsicheren Schritten einen Weg dorthin, öffnete das Türlein und sank erschöpft auf den Sitz, den sonst der Priester einnimmt.
Nun fühlte er sich bald besser. Er lehnte sich zurück und schloß die Lider. Dennoch stand das himmlische Bild des Hochaltars deutlich vor seinen Augen. Sein Kopf sank auf seine Brust, seine Gedanken machten sich selbständig.
Wieder kehrte er in die Gefangenschaft zurück, wieder durchlebte er in Gedanken die schlimmen Nächte während der Krankheit, den Hunger, alle Not und alles Elend, in das er Jahre eingebunden war – ohne Ziel und ohne Hoffnung. Nur das Traumbild des Gößweinsteiner Himmels hatte ihn am Leben erhalten.
„Wenn es zu Ende gehen sollte mit dir, dann folgt eine selige Zeit. Der Himmel von Gößweinstein wird dich aufnehmen."
So hatte er damals zu sich selbst gesprochen, und mit der Zeit war das Traumbild zum Trostbild geworden. Was konnte schon einem geschehen auf dieser Welt, der schon auf Erden in den Himmel geblickt hatte?
Das kirchliche Geschehen drang nun bald nur noch gedämpft und undeutlich an seine Ohren. Der Paul sank langsam hinüber in einen unruhigen Schlaf.
Immer noch stand das Bild des Hochaltars der Basilika vor ihm. Aber eigenartig, er selbst war mitten drin zwischen den Heiligen. Links von ihm erkannte er den Stammvater Abraham und rechts den Hohen Priester Melchisedek. Der Paul wußte nun, daß er aus der großen goldenen Kugel in der Mitte der Altarkomposition heraussah und in den Kirchenraum hinein.

„Mein Gott, bin ich nun doch gestorben und sehe aus himmlischen Gefilden herab in die Menge der Gläubigen?"

Paul empfand weder Schmerz noch Glück bei diesem Gedanken. Da sah er hilfesuchend schräg hinauf zu einem der großen Vorhangengel. Er erinnerte sich genau, daß dieser ihm damals in Sibirien zugewunken hatte, in den Gößweinsteiner Himmel einzutreten.

Und was tat der Engel nun? Er wies mit der Hand in den Kirchenraum hinunter. War Paul damals aufgefordert worden, in den Altarhimmel einzutreten, so zeigte die Hand nun in die entgegengesetzte Richtung. Der Engel schickte gleichsam den Paul aus dem Himmel ins Leben zurück.

Hier endete Pauls Traum. Er sank in einen ganz tiefen, traumlosen Schlummer hinab. Er bekam längst nicht mehr mit, was um ihn herum vorging.

Als die Mette zu Ende gegangen war und die Menschen sich zur Tür schoben, nickte einer der Kirchgänger seinem Nachbarn zu und deutete auf den Schläfer im Beichtstuhl:

„Wos net alles gibt, do schlöft aner sein Rausch im Beichtstuhl aus!"

Dann zog er grinsend den Vorhang zu, so daß der Paul in seiner Kabine nicht mehr zu sehen war. Er wurde auch nicht vom Mesner gesehen, der die Kirchentür später zuschloß und alle Lichter löschte.

Am 1. Weihnachtsfeiertag kam in aller Frühe wieder Leben in den Kirchenraum. Ein pensionierter alter Pfarrherr hielt bereits im Morgendämmer seine Frühmesse.

Da erwachte der Paul in seinem Beichtstuhl. Er konnte sich nicht sofort mit seiner Situation zurechtfinden. Doch bald stellte sich die Erinnerung an seinen Gang zur Mette und an seine Traumvision wieder ein. Es war ihm nun ganz klar, die großen Engel hatten ihn mit ihren Gesten in die Wirklichkeit seines neugewonnenen Daseins zurückgewiesen.

Ein bißchen steif und ungelenk erhob sich der Paul, zog den Vorhang zurück und öffnete das Türchen des Beichtstuhls. Eine alte Frau, die in der Nähe kniete und die das mit ansah, wunderte sich sehr über den Mann, der da ohne priesterliche Kleidung aus dem Beichtstuhl kam.
Paul trat nun wie befreit in den Kirchenraum und blickte vor zum Hochaltar. Da wurde gerade das Licht eingeschaltet, die goldene Weltkugel glänzte, die Heiligen standen unverändert auf ihren Plätzen unter der Trinität, und die großen Engel hielten schwebend mit der einen Hand den Himmelsvorhang, mit der anderen zeigten sie Paul den Weg zurück ins Leben.
Er hatte begriffen.
Als er zum Kirchenportal hinausging und sich mit kräftigen Schritten talwärts wandte, da war ihm, als kehre er jetzt erst endgültig aus der Gefangenschaft heim in eine doch lebenswerte Zukunft. Auf seinem Weg nach Hause hörte er die Glocken, die den 1. Weihnachtsfeiertag einläuteten. Ihr Klang verkündete Hoffnung.

DIE WEIHNACHTSREISE

Ein Rest bleibt

I

„Gut, ich will Ihnen die Geschichte erzählen; was liegt daran. Vielleicht wird auch mir wohler, wenn ich mir die unglaublichen Erlebnisse jener seltsamen Fahrt wieder einmal von der Seele rede. Der Zweck meiner jetzigen Fahrt ist ja der, den Spuren jener Reise noch einmal nachzugehen."

Unser Tischgenosse, ein zufälliger Bekannter in einem Hotel an der Cote Azur, lehnte sich zurück und begann leise, aber sehr lebendig zu erzählen, nur selten wurde er von Zwischenfragen unterbrochen.

II

Ich bin Arzt. Mein Studium konnte ich erst nach dem Krieg beginnen, und so wurde ich ziemlich alt, bis ich mich nach meinen Assistentenjahren selbständig als praktischer Arzt in einem Marktflecken im Fränkischen niederlassen konnte. Obwohl ich beinahe vierzig Jahre alt war, hatte mir das Leben noch keine Zeit gelassen, mich nach einer Lebensgefährtin umzusehen. Als selbständiger Arzt verspürte ich nun aber sehr bald den Mangel eines frauenlosen Haushalts, und es schien, als wären alle unverheirateten Mädchen des Ortes von neunzehn bis fünfundvierzig bereit gewesen, mir von diesem Übel abzuhelfen. Ich muß heute noch schmunzeln, wenn ich an die Anstrengungen denke, mit denen fast die ganze ledige Weiblichkeit des Marktes versuchte, mich und sich unter eine Haube zu bringen.

Meine Frau bildete damals eine rühmliche Ausnahme unter den heiratswütigen Jungfern, und gerade deshalb begann ich, mich für sie zu interessieren, denn schließlich will ein Mann um eine Frau werben, nicht aber geangelt werden. Ich erinnere mich noch sehr genau, als ich zum erstenmal in das Haus meiner

Schwiegermutter gerufen wurde.
Während meiner Sprechstunde hatte das Telefon geläutet, und eine sehr erregte Frauenstimme hatte mich um einen sofortigen Besuch gebeten. Die Mutter habe einen Herzanfall, versicherte mir die aufgeregte Tochter. Zehn Minuten später stand ich am Bett der Rektorin. So nannte man im ganzen Ort die Witwe des ehemaligen Schulrektors, und neben mir stand ihre Tochter Doris.
Die Rektorin lag mit spitzem Gesicht in den Kissen, klein, schmächtig und mit silbrigem Haar. Während ich den flatternden Puls der alten Dame fühlte, blieb mein Blick auf den welken Fingern der Greisin haften. Die Hand war auffallend blaß und zeigte den durchsichtigen Teint einer Kranken. Das blaue Geäder war deutlich herausgehoben. Die Finger schienen leicht nach innen gebogen, man sah der Hand an, daß sie im Leben viel gearbeitet hatte. Es war eine gute Hand. Mein Blick glitt ab und suchte das Gesicht der Frau. Auf ihrer Stirn aber lag eine andere Hand, eine junge Hand, die doch der alten sehr glich.
Obwohl sich die alte Dame bald erholte, wurden meine Besuche im Hause der Rektorin immer häufiger, und eines Tages verlor ich etliche Patientinnen, da im Tagblatt zu lesen stand, daß Doris meine Frau geworden war.
Es ist verständlich, wenn ich behaupte, daß die Ehe mit Doris in mein bisheriges Leben eine große Veränderung brachte. Die größten Veränderungen – will mir heute scheinen – brachte aber das Zusammenleben mit meiner Schwiegermutter, der Rektorin.
Es gelang uns, im großen Haus meiner Schwiegermutter die entsprechenden Räume für meine Praxis freizubekommen. So zog ich bald mit meinen Siebensachen in das geräumige Haus mit dem großen Obstgarten, das mein verstorbener Schwiegervater kurz vor seiner Pensionierung erworben hatte.
Erstmals seit meiner Kindheit erfüllte mich das beglückende Gefühl, daheim zu sein. Ich schlug Wurzeln wie einer der großen Apfelbäume vor meinem Fenster. Ich kam mir vor wie der Mann, der das große Los gewonnen hatte. Schuld an diesem Glück waren die beiden Frauen, die mich stets mit gleichbleibender Liebe und Güte umsorgten. Von Doris hatte ich das erwartet, die liebende Sorge der Rektorin aber war mir eine angenehme Überraschung. In den ersten Wochen empfand ich es beinahe schmerzhaft, daß meine Frau gegenüber ihrer Mutter in einer fast kindlichen

Abhängigkeit verblieben war, bald aber ergab auch ich mich und ließ mir mit mehr und mehr Wohlbehagen die bestimmte und immer gütige Vorsorge der Rektorin gefallen. Sie hatte bald das Heft in unserem kleinen Haushalt in der Hand. Sie machte den Kostzettel, sie bestimmte den Waschtag, ja, sie arrangierte selbst das Programm meiner wenigen freien Stunden.

Man müßte meinen, daß diese Fürsorge das Maß des Erträglichen überstieg, daß ich mich in meinen Entscheidungen beengt und behindert fühlte. Das trifft jedoch nicht zu, denn bei aller Vorsorglichkeit wußte die Rektorin stets einen taktvollen Abstand zu wahren. Ihre Geschicklichkeit, andere Leute zu dirigieren, ging so weit, daß die betreffenden immer glaubten, selbst dieses oder jenes verfügt zu haben, wenn sie in Wirklichkeit den Willen der Rektorin ausgeführt hatten. Im übrigen tat man gut daran, sich von ihr leiten zu lassen, denn sie entschied sich mit sicherem Instinkt für das Richtige; sie war eine kluge Frau und hatte vom Leben gelernt.

Was sie vor allem aus dem Leben gelernt hatte, war das Vorsorgen und Vorplanen. Es gab wenige Dinge, die sie überraschten; alle möglichen Zwischenfälle wurden von ihr eingeplant und vorauskalkuliert. So hatte sie aus dem Krieg gelernt, daß es gut ist, Lebensmittel auf Vorrat zu haben und Lebensmittel zu produzieren. Für unseren Drei-Personen-Haushalt sah das so aus, daß wir ständig im Keller ein respektables Lager an Konserven aller Art hielten und daß sich in der hintersten Ecke unseres Gartens ein leerer Hühnerstall befand, tadellos in Ordnung und jederzeit bereit, wenn nötig, gefiederte Gäste aufzunehmen, die Eier legen konnten. Im Nebengebäude lagen Kohlenvorräte für mindestens drei Winter, und Holz hatten wir mehr als vier andere Haushalte zusammen. Diese Art der Vorsorge kannte keine Grenzen.

Bald nach meiner Hochzeit fragte mich die Rektorin, ob ich Trauerkleidung hätte.

„Nein, wozu?“ meinte ich überrascht, da mir natürlich zunächst der Gedanke gekommen war, es wäre jemand aus unserer nächsten Bekanntschaft oder gar Verwandtschaft gestorben.

„Weißt du, Klaus“, sagte sie in einem Ton, der keinen Widerspruch zuließ, „solche Dinge braucht man stets unvermutet, deshalb sollte man sie immer für alle Fälle im Schrank haben. Wenn wirklich jemand gestorben ist, hast du kaum Zeit, erst in die Stadt zu fahren, um Trauerkleidung zu kaufen. Für den Fall aber, daß man mit dem Tod eines Nahestehenden rechnen muß, ist es pietätlos, sich eine Trauerkleidung kurz vor dessen Ableben zu kaufen.“

Dieser Rede war nichts entgegenzusetzen, sie war vernünftig, wie alles, was die Rektorin angab. Das Ergebnis dieser schwiegermütterlichen Unterweisung war, daß ich mir eine vollständige „Trauerausrüstung auf Vorrat“ zulegte, einen schwarzen Anzug, schwarze Krawatte und schwarze Schuhe.

Der plötzliche Tod war übrigens in all ihren Rechnungen eine Konstante. Von ihrem Tode redete sie mit einer Selbstverständlichkeit, mit der andere Leute vom Wetter reden; und vom Hinscheiden anderer kerngesunder Mitbürger sprach sie mit der gleichen Ungeniertheit; oft sehr zum Schrecken der anderen.

So war es nur natürlich, daß sie ein ausführliches Testament gemacht hatte, in dem alle verwandtschaftlichen Erbverhältnisse wie in einer juristischen Denksportaufgabe durchgespielt waren. So sollte zum Beispiel ihr gesamter Schmuck nach ihrem Tode in die Hände ihrer Tochter Doris übergehen. Sollte jedoch ihre Tochter vor ihr das Zeitliche segnen, so müßte der alte Erbschmuck an die Nichte Johanna übergehen, falls nicht Doris einen weiblichen Nachkommen hinterlassen hätte. Wenn jedoch Johanna auch nicht mehr lebte, dann müßte der Schmuck unter diesen und jenen Verwandten aufgeteilt werden. Ihr aus Spanien stammender Erbschmuck sollte sogar wieder an ihre Familie in Katalanien gesandt werden. Mit solchen Eventualitäten hatte sie Seiten ihres Testamentes gefüllt, und ich bin sicher, daß sie unseren alten Notar bei der Abfassung des Textes ins Schwitzen gebracht hatte. Es besteht aber auch kein Zweifel darüber, daß bei ihrem Tode selbst der streitsüchtigste Erbe alles so bedacht und wohlgeordnet vorfände, daß für eine Auseinandersetzung kein Raum blieb.

In ihrem Zimmer stand ein alter Mahagonisekretär, in dessen Schubladen die Rektorin alle Papiere, die von einer gewissen Wichtigkeit waren, aufhob. Obenauf lag ein Zettel, auf dem mit ihrer großen, eigenwilligen Handschrift stand: Im Falle meines Todes. Unter diesem Blatt befand sich ein Plan, der alle Einzelheiten enthielt,

die nach ihrem Ableben zu erledigen seien. Diese Aufstellung war an Umfang dem Mobilmachungsplan einer mittleren Garnison nicht unähnlich. Es war unglaublich, woran die alte Dame alles gedacht hatte. Das begann mit dem Hinweis, daß ein Totenschein unverzüglich an die Regierungshauptkasse zu senden sei, da die Pension erlösche. Als Punkt zwei stand vermerkt, daß ihre Lebensversicherungspolice mit dem letzten Zahlkartenabschnitt anbei liege und daß man beides umgehend an die Versicherung, wieder mit einem Totenschein, einsenden möge. Das galt auch für die Sterbekasse, die auf Einsendung eines Totenscheines an die Hinterbliebenen 500 Mark auszahlen würde.
Die Rektorin konnte keine Ahnung davon haben, welche Schwierigkeiten es gerade mit ihrem Totenschein einmal geben sollte!
Bei ihrem Testament fand sich auch eine Liste, auf der verzeichnet stand, wer alles schriftlich von ihrem Tode zu verständigen sei. Der Gipfel der Vorsorge bestand in einem Brief an den Pfarrer, in dem sie ihm ihre wichtigsten Lebensdaten selbst mitteilte, da es in unserem Ort üblich ist, daß der Geistliche am Grabe einen kurzen Lebenslauf der Verstorbenen verliest.
In der Tat war ihr Lebenslauf etwas ungewöhnlich, und sie tat gut daran, für die Nachwelt die wesentlichsten Daten festzuhalten. Geboren war sie in einem kleinen Dorf am südlichen Abhang der Pyrenäen in der Provinz Katalanien. Im spanischen Bürgerkrieg 1936 hatte sie ihren späteren Mann, einen deutschen Leutnant der Legion Condor, kennengelernt. Sie hatten den verwundeten deutschen Offizier als Krankenschwester versorgt und war danach mit ihm nach Deutschland gegangen, wo sie seine Ehefrau wurde.
Das alles war in ihrem Lebenslauf festgehalten, den der Pfarrer bei ihrer Beerdigung vorlesen sollte.
Die Schublade, die all diese Vorkehrungen für ihren Todesfall enthielt, hatte sie mir mehrmals gezeigt mit dem Hinweis, daß ich dort im Falle ihres Ablebens alles wohlgeordnet vorfände. Ich hatte mich bereits so an ihre eigenwillige Lebensart gewöhnt, daß ich das Ganze nicht einmal mehr außergewöhnlich fand.
Bei ihrem ausgeprägten Hang, für die Zeit vorzusorgen, da sie selbst nicht mehr unter den Lebenden weilt, war es selbstverständlich, daß dem Familiengrab ihre besondere Aufmerksamkeit galt.

Mit Schmunzeln hatte mir Doris erzählt, wie man in der Familie des Rektors, gleich nach dessen Verehelichung, voll Staunen auf die wunderliche Eigenart der damals blutjungen Lehrersgattin aus Spanien aufmerksam geworden sei, als diese, unmittelbar nachdem ihr Gatte seine erste Stelle angetreten hatte, daran ging, vorsorglich ein Familiengrab zu erwerben. Mein Schwiegervater hatte das nicht verhindern können, er spielte eine Rolle besonderer Art in der Familie. Er war ganz Autorität gewesen, ohne etwas bestimmen zu können, seine Stellung läßt sich mit der der späten Merowinger Könige vergleichen. Er genoß alles Ansehen, die Macht aber lag in den Händen des Major Domus. Major Domus aber war die Rektorin. Des Rektors wirklicher Machtbereich blieb ganz auf seine Schule beschränkt. Seine Neigung, sich um nichts Familiäres kümmern zu müssen, ergänzte sich glücklich mit dem Bestreben der Rektorin, selbst für alles zu sorgen, vorzusorgen. Während der langen Dienstzeit meines Schwiegervaters hatte er nun nach dem Willen seiner vorgesetzten Dienststelle nacheinander an fünf verschiedenen Schulorten seine Lehrtätigkeit auszuüben. Jedesmal hatte die absonderliche Neigung seiner Gattin dazu geführt, daß im neuen Schulort eine Grabstelle auf Vorrat gekauft wurde, die bei der nächsten Versetzung wieder unverwendet veräußert werden mußte. Lediglich einmal war der Grabhandel überflüssig gewesen, da beide Schulstellen im Bereich des selben Friedhofs lagen. Besonders grotesk wirkt dieses vorsorgliche Bemühen um einen Friedhofsplatz dann, wenn man überlegt, daß zeitlebens sowohl der Rektor wie seine Gattin und auch Doris sich bester Gesundheit erfreuten. Erst seit des Rektors Tod, der unerwartet und überraschend gekommen war, hatte sich bei meiner Schwiegermutter eine altersbedingte Herzinsuffizienz bemerkbar gemacht.
Auf dem Friedhof unseres Marktfleckens nun hatte die Rektorin eine Gruft erworben. Der Grabstein, den sie bei des Rektors Tod aufstellen ließ, war groß genug, um ein Dutzend Namen aufzunehmen. Als meine Schwiegermutter diesen riesigen Stein kaufte, zählte ihre Familie noch zwei Personen. Nachdem ihr der Steinmetz klar gemacht hatte, daß Granit der dauerhafteste Stein sei, der außerdem keinerlei Wartung bedürfe, verstand es sich von selbst, daß die Vorsorgliche sich für den unverwüstlichen Stein entschied.
Der Name des Rektors war in Bronzebuchstaben angebracht, da diese allein die Zeiten überdauern konnten.

Eines Tages kam ich nach Hause und legte Doris einen Pack Autoprospekte auf den Mittagstisch.
„Du kaufst ein neues Auto?" fragte die Rektorin nach einem flüchtigen Blick auf die bunten Werbeblätter.
„Vielleicht", entgegnete ich obenhin. Ich war mir längst darüber klar, daß ich einen neuen Wagen kaufen würde, wollte jedoch meine beiden Frauen schonend auf die nicht unerhebliche Ausgabe vorbereiten. Zu meiner Überraschung zögerte meine Frau noch mit der Zustimmung, während die Rektorin sofort und ohne jede Überlegung sagte:
„Aber da ist doch nichts zu überlegen, Klaus, du kaufst dir freilich einen neuen, schwarzen Wagen."
Ich freute mich so über dieses schnelle Einverständnis, daß ich das Wort „schwarzen" ganz überhört hatte.
„Nicht, du meinst doch auch, daß ein größerer Wagen seine Vorteile hat?" fragte ich erfreut, denn mir war bewußt, daß nun das ersehnte neue Auto gekauft würde.
„Natürlich", gab die Rektorin zurück, „dein alter Wagen hat ohnehin eine unpassende Farbe."
Nun erkannte ich, daß der Autokauf für die Rektorin lediglich eine Frage der Farbe war.
Alle Versuche von Doris und mir, die Vorteile eines hellen Wagens darzutun, wurden von der Rektorin mit einer Handbewegung zunichte gemacht.
„Stellt euch vor", entgegnete sie überzeugend, „einer deiner Patienten stirbt. Kannst du mit Anstand in einem bunten Wagen auf die Beerdigung fahren? Vielleicht mußt du als Arzt sogar mal einen Sterbenden transportiern oder gar einen Toten. Das kann man nie wissen. Aber auch schon Trauergäste in einem hellroten Wagen vor den Friedhof zu fahren, das ist doch unpassend. Findest du nicht, Klaus?"
Im Grunde genommen war für mich die Farbe des Wagens von zweitrangiger Bedeutung und so war ich schon fast zum Nachgeben bereit, als die Rektorin durch folgende Rede die Farbe endgültig bestimmte:
„Ein schwarzer Wagen wirkt immer vornehm und repräsentativ, und das sind immerhin Eigenschaften, die auch dann einem Wagen zum Vorteil gereichen, wenn er nicht gerade Trauergäste befördert. Im übrigen stifte ich 1000 Mark für das neue

Fahrzeug", und mit einem verschmitzten Lächeln fügte sie hinzu, „wenn es schwarz lackiert ist."
Was läßt sich gegen solche Angebote einwenden? Der Wagen wurde schwarz.
Das Auto sollte Mitte Dezember geliefert werden. Doris und ich berieten, ob wir nicht über die Tage zwischen Weihnachten und Neujahr die Praxis schließen sollten, um einmal Urlaub zu machen; Urlaub mit dem neuen Auto, dem es ohnehin gut täte, über eine längere Fahrstrecke eingefahren zu werden als über ärztliche Kurzstrecken von einem Patienten zum anderen.
Die Rektorin hatten wir in unsere Planung eigentlich gar nicht einbezogen. Um so mehr überraschte uns ihr Kommentar:
„Ich verstehe zwar nichts von Motoren, aber das hab ich auch schon gehört, daß man am Anfang möglichst längere Strecken zurücklegen sollte. Und ich weiß auch schon, wohin wir fahren. Die Reise geht nach Katalanien! Unser Ziel heißt: La cripta del Nen Jesus, die Kapelle zum Christkind, in meinem Heimatdorf in Katalanien. Das ist ein ideales Ziel für einen Weihnachtsurlaub. Findet ihr nicht?" Die Rektorin hatte einen ganz verklärten Blick, als sie dies verkündete. „Und auf der Heimfahrt machen wir unbedingt in Marseille Station." Diesen Satz fügte die Rektorin noch an.
Sie hatte unser Ziel festgelegt, noch bevor wir uns dazu hätten äußern können. Ich wechselte einen vielsagenden Blick mit Doris. Es stand wohl fest, unsere Reise würde mit der Rektorin stattfinden, und sie würde nach Katalanien gehen.
Im gleichen Augenblick klingelte das Telefon, ich wurde zu einem Unfall gerufen, unser Urlaubsgespräch war abrupt beendet worden, noch bevor wir den Vorschlag ernsthaft hätten diskutieren können.
Als ich am Abend mit Doris allein war, fragte sie mich:
„Mit Mama nach Katalanien? Sollen wir das wirklich machen?" Wir beschlossen, sie nicht mehr zu fragen, denn es lag uns völlig fern, sie zu verletzen. Hatte sie sich aber ernsthaft entschlossen mitzureisen, und das schien uns eigentlich klar zu sein, so konnte eine unbedachte Frage sie kränken.
Wir blieben nicht lange im unklaren darüber, denn das Gespräch am Frühstückstisch des nächsten Morgens schuf Klarheit: Sie hatte nicht einen Augenblick daran gedacht, uns allein fahren zu lassen. Sie war schon immer gern verreist, war jedoch mit ihrem seligen Rektor zeitlebens über einige bescheidene Luftkurorte des

Bayerischen Waldes nicht hinausgekommen. Nun endlich konnte sie auf ihre alten Tage noch einmal die Hoffnung haben, in ihre Heimat zurückzukehren. Zwei- oder dreimal wohl war sie seit ihrer Heirat mit dem Deutschen nochmals für kurze Urlaubstage in ihr katalanisches Dorf gereist; bereits aber seit vielen Jahren vor des Rektors Tod schon war sie nicht mehr dorthin gekommen.

Nur Briefe hatte sie regelmäßig geschrieben. Aber nur alle Weihnachten war aus dem Heimatdorf eine Karte gekommen mit guten Wünschen. Das war die Stunde, in der die alte Dame auch nach so vielen Jahren Heimweh bekommen hatte, Heimweh nach einem Weihnachtsfest ihrer Kindheit. Dann hatte sie einen sehnsuchtsvollen Blick zum Himmel geschickt und geseufzt: „Es la vida! – So ist das Leben."

Aber nun sah sie ihre Chance greifbar nahe vor sich, und sie war nicht gewillt, diese ungenützt zu vergeben.

Es mag aber für sie noch eine andere gewichtige Überlegung eine Rolle gespielt haben, mit uns zu verreisen: Wir blieben unter ihrer vorsorglichen Obhut und Aufsicht!

So sehr mir stets die Entscheidungen der alten Dame lieb gewesen sind, so gerne wäre ich doch in diesem Falle mit Doris alleine gefahren, denn eine gewisse Rücksichtnahme auf das Alter unserer Mama würde uns zweifellos erhebliche Beschränkungen während der Reise auferlegen.

Gegen das Reiseziel Nordspanien selbst hatten wir im Grunde nichts einzuwenden. Eigentlich konnten wir gar kein anderes Ziel ansteuern, wenn wir die Rektorin mitnehmen sollten. Und daß wir nicht ohne sie reisen konnten, war schnell entschieden, nachdem sie uns mit feuchten Augen gestanden hatte, daß sie noch einmal in ihrem Leben eine Christnacht in ihrem Heimatdorf erleben möchte. Dies sei der größte Wunsch, den sie noch an das Leben richten würde. Konnten wir diesen Wunsch der alten Dame abschlagen?

Während mich und auch Doris noch solche Überlegungen beschäftigten, ging die Rektorin mit der ihr eigenen Gründlichkeit daran, die Reisevorbereitungen zu treffen. Sie tat es mit so viel Schwung und einer fast kleinmädchenhaften Freude, daß es uns von Tag zu Tag unmöglicher wurde, sie auszubooten. Als sie schließlich ihren Verwandten im katalanischen Dorf ihren baldigen Besuch bereits schriftlich ankündigte und sogar mit Eifer die Besorgung der vielfachen und verschiedenartigsten Grenzdokumente für uns und den Wagen in die Hand nahm, gaben wir uns endgültig geschlagen. Lediglich mein ärztliches Gewissen gab sich nicht gleich zufrieden.

„Mama“, eröffnete ich ihr eines Morgens, „wenn nicht als Schwiegersohn, so muß ich doch als dein Hausarzt einige Bedenken gegen deine Teilnahme an der Reise geltend machen.“

Die Rektorin folgte mir mit hochgezogenen Augenbrauen.

Ich fuhr fort: „Dein Herz ist nicht mehr so frisch und kräftig wie in jungen Jahren, und die geplante Reise bringt für dich nicht unerhebliche Belastungen. Luftdruckunterschiede und Temperaturschwankungen könnten deinem Herzen sehr zusetzen.“

„Die Medizin ist heute doch so weit“, entgegnete sie sicher, „daß man für alle Fälle vorsorgen kann!“

Vorsorgen, da hatte ich es wieder! Dieses Zentralanliegen ihres Denkens war ja auch in meinem Berufe heimisch. Welche Bedeutung spielt in meinem Fach doch das Wort Prophylaxe!

„Du hast erst kürzlich selbst gesagt, Klaus, daß du mit meinem Herzen zufrieden bist“, meinte sie fast bittend. Es schien mir in diesem Augenblick ganz unmöglich, ihr die Mitreise zu versagen, denn ihr Herz hatte sich wirklich seit jenem Anfall, der mich erstmals in ihr Haus geführt hatte, überraschend gebessert. Die Kraft des Pulses und der Blutdruck hatten sich ihrem Alter gemäß normalisiert, eine leichte Arhythmie hatte sich durch eine Chininbehandlung fast völlig beheben lassen.

Ich kam nun ihrem Wunsche dadurch entgegen, daß ich mit ihr vor der Fahrt eine herzstärkende Kur durchführte, ihr Medikamente, Ruhe und Herzdiät verordnete. Mustergültig hielt sie sich an alle meine Anweisungen. Der Erfolg blieb nicht aus; eine letzte Untersuchung vor der Abfahrt zeigte einen erstaunlich guten Befund. Ich brauchte ihr aus medizinischen Erwägungen heraus die Reise nicht zu verbieten.

Während ich in meine Autoapotheke für alle Fälle ausreichend Herzmittel packte, richteten die beiden Frauen die Koffer für die Reise. Ich wunderte mich nicht, daß wir sehr viel Gepäck zusammen bekamen. Bei dem Glauben der Rektorin, allen Überraschungen mit der nötigen Vorsicht und Sorge begegnen zu können, war es klar, daß es großen Raumes bedurfte, all das Nötige zu verstauen. Da der Wagen groß und geräumig war, konnte mir das eigentlich gleichgültig bleiben. Dennoch konnte ich es mir nicht versagen, die Schwiegermutter wegen der vielen Koffer zu hänseln.

„Was hast du?“ entgegnete sie gutgelaunt. „Es gibt Menschen, die im ganzen Leben nichts dazu lernen; ich habe wenigstens gelernt, daß man viel Ärger, Verdruß und Enttäuschungen aus dem Weg schaffen kann, wenn man planvoll vorsorgt. Vorsorgen ist ein Spiel, das mir Spaß macht. Man muß Verstand und Phantasie haben, um sich vorstellen zu können, welche Zufälle und Überraschungen, welche Situationen uns die Zukunft beschert; dann kann man beizeiten die entsprechenden Vorkehrungen treffen. Es ist möglich, seine Phantasie durch reiche Erfahrung so zu perfektionieren, daß am Ende für alle Wechselfälle vorgesehen und vorgesorgt ist.“

Diese Verkündigung ihres Lebensdogmas nahm ich nicht unwidersprochen hin.

„Ein Rest bleibt“, sagte ich. „Diesen Rest hat sich Gott vorbehalten, damit wir hin und wieder unsere Grenzen erkennen mögen.“

Sie war viel zu klug, um das abzuleugnen, aber in ihren großen Augen leuchtete etwas auf, was mich erkennen ließ, daß sie im tiefsten Winkel ihrer Seele doch davon überzeugt war, daß sich die Möglichkeiten unseres Schicksals – wenn schon nicht es selbst – im voraus erdenken ließen. Aus diesem Gefühl allein bezog sie ihre Sicherheit. Das Gefühl der Sicherheit war ein Erbstück ihrer bäuerlichen Jugend im fernen Spanien.

Vor unserer Abfahrt war selbstverständlich unserem Dienstmädchen von der Rektorin ein ausführlicher Plan zur Hand gegeben worden, aus dem zu ersehen war, was in den einzelnen Wechselfällen zu tun sei.

In solch vielfältiger und gründlicher Art auf eine Reise gerüstet, saßen wir eines Morgens zu dreien in unserem neuen schwarzen Wagen, winkten meinem jungen Vertreter und dem Dienstmädchen zu, die am Gartentor standen, während uns die rollenden Räder nach dem Süden hin entführten.

Die Reise verlief zunächst ohne Zwischenfall. Die Rektorin war, wie wir, aufgeräumt und gutgelaunt und hatte ohne gesundheitliche Schäden die Fahrt über die Alpen und durch die Poebene überstanden. Nach einer Fahrt von Genua die Riviera entlang übernachteten wir am zweiten Tag in Ceriale.

Abends saßen wir vor dem Café am Markt. Trotz der fortgeschrittenen Jahreszeit konnte man hier, mit leichten Windblusen oder Sommermänteln bekleidet, noch im Freien sitzen. Es herrschte natürlich kein Saisonbetrieb im Dezember hier, dennoch gab es noch erstaunlich viele Gäste. Die meisten waren ältere Jahrgänge, die wohl den Winter hier im milden Mittelmeerklima verbringen wollten, außerdem bestimmten auch mehr als während der Saison Einheimische das Straßenbild.

Wir saßen abgekapselt inmitten dieser abgeklärten Nichtstuerei wie ein Fremdkörper, eingehüllt in seine Kallusschicht, am Knochen einer fremden Nation. Wir waren noch zu kurz im Lande, um von der sorglosen Unbeschwertheit unserer Gastgeber und der Dauergäste aus unserem Problemkreis gerissen worden zu sein.

Die Neuheit der Situation gab jedem von uns ein anderes Gesicht; und so blieben wir damit beschäftigt, uns gegenseitig neu zu ergründen. So geschah es auch, daß wir an einem Ort ins Grübeln kamen, wo andere Menschen nur zu träumen oder zu lachen imstande sind. Die Rektorin war ein bißchen entrückt; mir schien es, als schwebe sie in einem kleinen Schwindelgefühl über den Tiefen des eigenen Ichs.

Sie hatte sich in ihrem krankhaften Hang, alle Möglichkeiten im voraus zu übersehen, eine etwas abwegige Lehre von Gottes Richtertum und vom Leben nach dem Tode zurechtgelegt, die, für sie nach logischen Gesetzen aufgebaut, eine spekulative Metaphysik eigener Prägung ergab. Da ich wußte, daß sie voll recht origineller Gedanken steckte, bemühte ich mich stets, ihr diese zu entlocken.

Jetzt, am abendlichen Markt von Ceriale, sprachen wir darüber, daß doch ein Widerspruch darin liege zu glauben, daß Gott allmächtig sei und diese Allmacht nicht dazu verwende, alle Menschen so zu leiten, daß sie nach dem Tode der ewigen Seligkeit teilhaftig würden.

„Durch den freien Willen hat er die Möglichkeit in uns selbst gelegt, uns den Himmel zu verdienen“, sagte ich und hoffte, daß diese Aussage die Rektorin zu einer Stellungnahme eigener Logik herausfordern würde.

„Ach was“, meinte sie überzeugt, „in seiner Allwissenheit weiß Gott im voraus, daß die Menschen den freien Willen dazu benützen, zu sündigen und Fehler zu machen. Trotzdem läßt er es zu." – „Gewiß doch, Mama, denn unserem Leben fehlte doch der Anreiz zum Guten, besäßen wir nicht die Möglichkeit der Entscheidung!" wandte Doris ein.

Ein undeutbarer Blick aus ihren klaren Augen traf die Tochter. „Die Möglichkeit zur Entscheidung besteht nur zum Schein, und wir brauchten sie nicht. Das Gute kann ohne das Schlechte bestehen! Sie bedingen einander so wenig, wie das Rote für seine Existenz etwa das Schwarze voraussetzt."

Jetzt wurde die Unterhaltung interessant. Ich faßte zusammen und zog die Konsequenzen aus den Bekenntnissen der Rektorin:

„Also entweder ist Gott gut und allmächtig, dann führt er uns alle in die ewige Seligkeit; oder er ist nur gut und kann nicht verhindern, daß wir frei entscheiden und damit ins Verderben geraten können. Dann aber fehlt ihm die Allmacht! Vielleicht aber ist er allmächtig, will uns aber nicht retten? Dann entbehrte er jeder Güte!"

Das ganze Gespräch war bisher ohne den allerletzten Ernst geführt worden. Wir ließen uns von unseren Folgerungen und Trugschlüssen davontragen, ohne von dem völlig überzeugt zu sein, was wir da, geistig von der Rektorin geführt, dahinsagten. Um unseren blasphemischen Diskurs abzurunden, fuhr ich fort:

„Der Weisheit letzter Schluß kann also nur der sein, daß wir nach dem Tode nicht weiterleben. Nur dann paßt alles unter einen Hut: Gott bleibt allmächtig, und er will, daß es auch das Böse auf Erden gibt. Gott ist gut, denn er braucht nach dem Tod den Menschen nicht dafür zu strafen, daß er mit seinem freien Willen sündigte. Der Mensch hat in gewissem Sinne nach seinem freien Willen gelebt und wird nicht gerichtet. Jetzt geht die Rechnung auf!" Triumphierend schaute ich die Rektorin und Doris an.

„Es gibt aber noch eine andere Möglichkeit", sagte die Rektorin zögernd. Ich war gespannt. „Gott", hub sie an, „ist für jeden Menschen so, wie er ihn glaubt. Der auf seine Güte hofft, wird sie nach dem Tode erfahren. Ihm wird er nicht als gnadenloser Richter erscheinen."

„Und der", warf ich ein, „der gar nicht an ein Weiterleben nach dem Tode glaubt?" – „Der wird nicht weiterleben", sagte sie bestimmt, und ich hatte das Gefühl, daß sie wirklich glaubte, was sie sagte. Sie hatte offenbar meinen bestürzten Ausdruck

gemerkt und fühlte sich nun verpflichtet, ihre schwerwiegende Behauptung zu begründen:
„Wir waren vor der Geburt nicht; und wir sind jetzt. Daraus ergibt sich die Folgerung, daß wir nach dem Tode nur wieder entweder sein oder auch nicht sein können. Weshalb aber sollte nur eine dieser Möglichkeiten ausschließlich gelten?"
In welche verworrenen Spitzfindigkeiten hatte sich hier die gute Rektorin verfangen! Ich kannte sie eben immer noch nicht ganz, die alte Dame, die einmal so folgerichtig und dann wieder so revolutionär abwegig denken konnte.
„Und wie hältst du es?" fragte Doris in die entstandene Stille hinein. Die Rektorin sah eine Weile auf ihre Fingernägel, dann hob sie den Kopf und blickte an uns vorbei.
„Ich glaube an ein Weiterleben und an einen gütigen Gott", sprach sie eindringlich. Diese Antwort hatte ich nun erwartet, denn sie entsprach so ganz ihrer vorsorgenden Einstellung. Erstens befand sie sich mit diesem Bekenntnis wieder im Einklang mit der Kirche, zweitens konnte sie nach ihrer eigenen Meinung damit rechnen – da sie es glaubte –, nun wirklich ihre Seele für alle Zeiten erhalten zu haben und einen milden Richter drüben vorzufinden. Drittens würde es auch nicht schaden, das geglaubt zu haben, wenn Gott ungnädig sein sollte oder der Tod uns alle in ein Nichts auflöste.
So hatte sie also auch für drüben gedanklich vorgesorgt, die Rektorin.

Wir fuhren langsam täglich weiter hinein in den Süden. Unsere Gespräche wurden seichter, unsere Gemütsverfassung freier, leichter, gelöster. Himmel und Meer verschwammen oftmals in einem milchigen Glanz ineinander. Wenn die Sonne durchkam, lag das Meer wie ein Spiegel vor dem Land, dessen Farben sich in Rot- und Brauntönen wie auf einem alten Gobelin ausbreiteten; die Dörfer an den Hängen schienen wie weiße Webfehler darin.
Den Küstenbogen über Toulon-Marseille fuhren wir nicht aus, wir kürzten ab und

nahmen die direkte Straße Fréjus-Arles. Die Rektorin bedauerte das sehr, gab sich aber zufrieden, als wir ihr versprachen, Marseille auf der Rückfahrt zu besuchen. Dieses Versprechen sollte sich als verhängnisvoll erweisen.

Wir durchfuhren frohgestimmt die Küstenniederung um Narbonne und freuten uns wie über ein persönliches Geschenk, als der Pyrenäenkamm gleich einem tiefen Wolkenband über dem Horizont erschien, schwebend zwischen Himmel und Erde. Nach Perpignan erstieg unser Wagen den Col de Portus, von dort warfen wir den ersten Blick hinab in das Land der Jugendträume der Rektorin: Katalanien.

Am späten Nachmittag des 21. Dezembers trafen wir in Cirona ein. Das Ortsschild wies neben der katalanischen Schreibweise auch die spanische auf: Gerona.

Die Rektorin saß aufgeregt aufrecht neben mir im Auto. Doris war jetzt auf die Rücksitze verbannt. Die alte Dame wies mit dem Finger mal nach links, mal nach rechts, Neuerungen und Veränderungen im Ortsbild zu zeigen. Ihre Bäckchen waren gerötet, und es geschah etwas, was ich noch nie erlebt hatte, sie sprach spanisch auf uns ein. Plötzlich zeigte sie mit der Hand nach rechts, um mir anzudeuten, daß ich nun abbiegen müsse, über eine Brücke des Flüßchens Ter, von der Küstenebene hinauf ins Bergland. Nachdem wir das Städtchen verlassen hatten, wurde die Straße bald enger; es säumten häufig Alleebäume den Rand, die freie Landschaft wich mehr und mehr Waldbeständen. Die nun schräg einfallenden Sonnenstrahlen ließen lange Baumschatten über die Schotterdecke fallen; ich mußte zurückschalten, in engen Serpentinen zog der Wagen bergauf. Nach etlichen Kilometern wies die Rektorin energisch auf eine linke Abzweigspur. Diese führte unmittelbar zu ihrem Heimatdörfchen.

Die alte Dame sah nun öfters schräg nach oben in die Berge.

„La cripta del Nen Jesus!“ rief sie plötzlich aus, als man für Sekunden das verwitterte Dächlein einer Kapelle hoch über den Baumwipfeln hervorlugen sah.

Wir waren am Ende der Welt, wie mir schien, als wir endlich in das Dörflein einfuhren und vor dem elterlichen Haus standen, aus dem die Rektorin vor Jahrzehnten als blutjunges Ding aufgebrochen war in ein ungewisses Schicksal. Nun stand sie wieder da, eine alte Dame, ein bewegtes Leben in einem fernen Lande hinter sich.

Die Familienmitglieder, Neffen und Nichten mit großer Kinderschar, standen zum Empfang bereit!

Es war die große Stunde der Rektorin! Ihre vielen Taschen und Koffer, angefüllt mit Geschenken, wurden ins Haus geschleppt. Es wurde umarmt und geküßt, bewundert und bestaunt. Doris und ich wurden einbezogen in die schier erdrückend herzliche Gastlichkeit der fremden Verwandtschaft. Als wir uns endlich loslösen konnten, vereinbarten wir, die Rektorin hier zu lassen, jedoch am Heiligabend wieder zu kommen, um an der dörflichen Christfeier teilzunehmen. Danach wollten wir die Rektorin mitnehmen in unser Quartier, das wir zunächst im Städtchen Cirona weiter unten beziehen würden. So geschah es auch.

Bevor wir uns verabschiedeten, hielt ich die Hand der Rektorin fest und fühlte den Puls. Er schien mir nicht ganz so kräftig und regelmäßig wie vor der Abreise. Zur Besorgnis jedoch war noch kein Anlaß gegeben. Immerhin ermahnte ich sie, ihre Herztropfen zu nehmen und sich nicht zu sehr zu verausgaben. Sie versprach alles.

Die nächsten Tage waren Doris und ich alleine. Wir genossen die Ruhe und unsere Zweisamkeit.

Am 24. Dezember stiegen wir am späten Nachmittag in unseren Wagen und fuhren, wie vereinbart, wieder das Bergsträßchen hinauf, um mit der Rektorin und im Kreise ihrer Verwandtschaft und des ganzen Dorfes das Fest der Geburt Christi auf besondere Weise zu begehen. Das Dörflein hatte offensichtlich über Jahrhunderte eine ganz eigene Tradition entwickelt, die auch jetzt noch unverändert an jedem Heiligabend eingehalten wurde.

Wir fanden die Rektorin wie ihre ganze Sippe in Höchststimmung vor. Wir durften wieder die Gastlichkeit der fremden Verwandten dankbar entgegennehmen, um danach mit ihnen zusammen zum Kirchlein zu gehen, das recht bescheiden in der Mitte des Dorfes stand. Die Glocken läuteten die Feierlichkeit ein. Der Sacerdote stand schon vor der Kirche und kam, mit großem Ornat bekleidet, auf die Rektorin zu. Er schüttelte ihr die Hände, die Umstehenden klatschten Beifall. Die Rektorin hatte der kleinen Heimatpfarrei einen größeren Geldbetrag versprochen. Auch wir erfuhren die Ehre einer persönlichen Begrüßung durch den Pfarrherrn.

Aus allen Gassen kamen nun die Dorfbewohner herbei, ein festliches Gewimmel füllte den kleinen Kirchenplatz. Doris und ich bewunderten die schönen Trachten der Katalanen.

Die Frauen trugen auffallende, verknotete, netzartige Schleier auf den Köpfen, die

ihre dichten Haare zusammenhielten. Dunkle, faltenreiche Röcke bauschten sich um ihre Hüften, ihre weißen Blusen leuchteten hell in der Dämmerung. Die Männer trugen weiße Hemden und breite, rote Schärpen um den Hosenbund. Für uns waren jedoch am auffallendsten ihre eigenartigen Kopfbedeckungen. Die Rektorin machte uns eigens darauf aufmerksam. „La Barretina“, erklärte sie und zeigte auf die roten Mützen, die mit ihren nach vorne gerichteten Spitzen an die Zipfelmützen der Wichtelmänner erinnerten, wie wir sie aus unseren Märchenbüchern kennen.
Doris und ich konnten nicht umhin, an die heimatlichen Trachten zu denken, die besonders heute und in den folgenden Feiertagen in allen Orten unserer fränkischen Heimat zu sehen sein würden.
Lange ließ uns die Rektorin mit diesen Gedanken nicht allein.
„Els pastorets“, rief sie entzückt und wies auf eine Gruppe Kinder hin, die als arme Hirten gekleidet waren und wohl bei der weihnachtlichen Liturgie eine Rolle zu spielen hatten. Daneben stand auch eine Gruppe weißgekleideter Mädchen, die sich durch Ihre weißen Gänseflügel auf dem Rücken als Englein auswiesen.
Schließlich formierte sich ein Zug. Voran trugen Männer zwei mächtige Fahnen mit christlichen Symbolen, dann kamen die Hirtenkinder und dahinter die Gruppe der Mädchen-Engel. Danach schritt der Priester, der die goldene Monstranz vor sich trug. An seiner Seite gingen würdige Männer, schwarz gekleidet mit Kerzen in den Händen; dahinter folgte die Dorfmusik. Das waren fünf Bläser, deren Choräle mit inbrünstigem Gesang von der folgenden Gemeinde begleitet wurden. Dann kam das Volk, zuerst die Männer, dann die Frauen, alle festlich in der feierlichen katalanischen Tracht gekleidet. Alle trugen Körbchen in den Händen. Während die Rektorin in der ersten Reihe der Frauen marschierte, bildeten Doris und ich den Abschluß dieser ländlichen Prozession.
Der Zug folgte den Fahnenträgern durch das Dorf und stieg dann auf einem Pfad bergan in die Dämmerung des Abends. Nach einer knappen halben Stunde stand man auf einem felsigen Plateau, von dem aus sich eine großartige Aussicht ins Tal hinab bot. Unten flammten die ersten Lichter auf. Bei klarer Sicht mußte man von hier aus das Meer sehen können.
Am Bergrand dieser Plattform stand etwas erhöht eine kleine Kapelle, La cripta del Nen Jesus. Das graue Gemäuer hatte Jahrhunderten getrotzt, das steile Dach war mit

Holzschindeln gedeckt, das Gittertor weit aufgetan. Das Innere des Kirchleins, nicht größer als eine Bauernstube, wurde erleuchtet von vielen Kerzen. Über dem kleinen Altartisch breitete ein Engel seine Flügel und blickte herab auf die fromme Schar. Sonst zierte kein Schmuck das kleine Gotteshaus. Nur links und rechts des Altarsockels waren mit ungelenker Hand ein Esel und ein Ochse in Lebensgröße an die Wand gemalt. Mitten auf dem Altartisch aber war ein Bündel Heu und Stroh gerichtet, darauf lag das Christuskind, lebensgroß, aus Holz geschnitzt und bemalt.
Diese weihnachtliche Szene bekam durch die flackernden Kerzen einen seltsamen Hauch von Belebtheit, einen überirdischen Glanz von mattem Gold, wie ihn die Maler des späten Mittelalters ihren frommen Gemälden zu geben verstanden hatten. Wir konnten uns dem Zauber dieses Bildes nicht verschließen, das nun durch die Dorfbewohner in eine lebende Szene verwandelt wurde.
Zwei junge Leute, Maria und Josef darstellend, postierten sich hinter dem Kind. Die Engel-Mädchen nahmen Aufstellung zu beiden Seiten des Jesuskindes, und die kleinen Hirten knieten vor dem Altar nieder und zeigten mit lebhaftem Gebärdenspiel, daß sie für das Christkind Gaben mitgebracht hatten: Äpfel, Brot, Eier, sogar einige lebende Hühner und ein kleines Lamm waren dabei. Diese Spielszene wurde mit viel Aufmerksamkeit verfolgt, und es war schön zu sehen, mit welch frommer Anteilnahme die Menschen dem Spiel beiwohnten.
Doch plötzlich kam eine laute Heiterkeit auf. Für uns unerklärlich, hier aber wohl seit alters zum Krippenbrauchtum gehörig, war der kleinste Hirte aufgestanden, hatte den Kapellenraum verlassen und seinen Gürtel geöffnet. Er ging ein paar Schritte abseits, dann ließ er seine Hose herunter und kauerte nieder.
„El Caganer!" das Scheißerlein, riefen alle Leute begeistert und klatschten dem kleinen Hosenmatz Beifall. Wir wollten zunächst die Köpfe schütteln, schließlich aber steckte uns die allgemeine Belustigung an, und wir mußten schmunzeln über so viel unbekümmerte, ländliche Tradition, die seit Jahrhunderten gebräuchliche burleske Einlagen selbst bei einem Krippenspiel unserer Tage nicht verleugnet.
Dann aber wurde, nachdem man einen Choral gesungen hatte, die Runde andächtig still.
Der Priester betrat den Raum, stellte die Monstranz zu Häupten des Jesuskindes hin und schwenkte segnend das Weihrauchfaß. Weiße Wolken erhoben sich über der

Krippe und belebten das Bild. Mir schien in diesem Augenblick, es sei einer der drei heiligen Könige zurückgekehrt, dem göttlichen Kind seine Huldigung darzubringen. Ich glaubte Zeuge eines Geschehens zu sein, das sich vor 2000 Jahren in einem Stall von Betlehem zugetragen hatte. War die Zeit seit damals stehengeblieben?
Dann traten die Dörfler in kleinen Gruppen vor die Krippe, knieten nieder und legten Gaben auf die Stufen des Altares. Ganz zuletzt trat die Rektorin in den Kreis des Lichtes. Auch sie trug das Haarnetz der katalanischen Frauen auf dem Kopf. Sie kniete nieder und stellte ein Körbchen auf die erste Stufe des Altars. Alle wußten, daß dieser Korb eine großherzige Spende enthielt, eine echte Hilfe für die kleine, arme Kirchengemeinde.

So herzlich und ungeziert die Dorfbewohner gerade ihre Rührung und Ergriffenheit zur Schau gestellt hatten, so spontan schlug in diesem Augenblick die Stimmung wieder zur offenen Freude um. Anerkennende, freundschaftliche Rufe und Händeklatschen begleiteten die Rektorin auf ihrem Weg zurück zu den anderen Frauen. Der Beifall hielt auch an, als nun Doris vortrat und ein Kuvert mit einer Geldspende in das Körbchen legte.
Inzwischen war es vollends Abend geworden. Die Luft strich kühl den Berghang herunter, am Himmel kündeten helle Sterne eine wolkenfreie und kühle Nacht an. Betend und singend zog das Volk ins Dorf zurück, wo man mit einer Messe im Dorfkirchlein die heilige Nacht feierte.
Wir waren tief bewegt und verstanden nun, daß die Rektorin alle Jahre ein weihnachtliches Heimweh ergriffen hatte.

Am nächsten Tag fuhren wir wieder hinauf ins Bergland, die Rektorin zu holen. Die Verwandtschaft bereitete der alten Dame einen herzbewegenden Abschied. Es flossen Tränen. Die Rektorin selbst war sichtlich bewegt, sie wurde von allen umarmt und geküßt, das ganze Dorf winkte hinter unserem Wagen her, als wir durch die Gassen langsam dem Ortsrand zufuhren. Alle wußten es, dies war ein Abschied für immer.
Wirklich?
Wir quartierten die Rektorin bei uns im Hotel ein. Am nächstenTag wollten wir weiterfahren in Richtung Barcelona.
„Mama ist wie verändert“, meinte Doris am Abend, nachdem sich die Rektorin nach dem Essen zurückgezogen hatte.
In der Tat, es passierte öfters, daß sie Sätze in ihrem katalanischen Dialekt begann und dies erst nach einer Weile merkte. Ihre Augen erschienen mir unruhiger als sonst, ihr Blick ging oft an uns vorüber, als sähe sie hinter uns ihren wahren Gesprächspartner.

„Ich muß ein wenig Schlaf nachholen", meinte sie zu uns, „das waren herrliche Tage für mich. Ich danke euch, daß ihr mir diese Weihnachtsfreude ermöglicht habt. Das Wiedersehen mit meiner Kapelle und dem Christkind meiner Jugendzeit und auch mit meinen Leuten, das war einfach wunderbar. Danke! Aber nun bin ich müde."
„Bis morgen dann! Und schlaf dich gut aus, Mama!" mit diesen Worten verabschiedete sich Doris von ihrer Mutter.

Nun wurde es spät am Vormittag, und die Rektorin war noch nicht aus ihrem Zimmer heruntergekommen.
„Na", sagte Doris, „Mama scheint verschlafen zu haben; ich gehe, sie zu wecken."
Nach zwei Minuten stand Doris wieder vor mir. Noch nie hatte ich sie so gesehen. Sie war blaß, ihre Hände zitterten, und ihre Stimme klang völlig verändert, als sie hervorstieß:
„Komm schnell, Klaus, mit Mama ist etwas!"
Als ich ins Zimmer der Rektorin trat, fand ich sie in einem Sessel sitzend. Auf ihrem kleingemusterten Schlafrock spielte streifiges Licht, das durch die halbgeschlossenen Rolläden in den Raum fingerte. Die kleine, grauhaarige Gestalt schien etwas in sich zusammengesunken, der Kopf war leicht nach rückwärts gebeugt; so daß das Gesicht, bleich und spitz, zur Decke gerichtet war. Auf den Lippen, die nun ledern den geöffneten Mund umspannten, saßen zwei große Fliegen.
Die Rektorin war tot.
„Herzschlag, Todeszeit vor etwa zwölf Stunden", konstatierte mein Arztgehirn, während ich ihr unter den wachsigen Händen auf ihrem Schoß einen Gedichtband hervorzog, in dem sie offenbar zur Stunde ihres Todes gelesen hatte.
Alle prophylaktischen Maßnahmen waren also umsonst gewesen, die Uhr der Rektorin war abgelaufen. War ihre große Rechnung nun am Ende doch nicht aufgegangen? Nun, da sie durch das dunkle Tor getreten war, wird sie die Wahrheit erkannt haben, die kein Lebender erfährt. Doch hatte sie an einen gütigen Gott geglaubt, sie wird ihn nun auch gefunden haben.
Dem Schock folgte ein Ausbruch des Schmerzes, und ich mußte Doris trösten,

obwohl ich selbst eines Trostes bedurft hätte. Was hatten wir mit der Rektorin alles verloren!
Es ist seltsam, aber ein erster Trost erwuchs uns aus dem Gedicht, welches die Rektorin kurz vor ihrem Tode aufgeschlagen hatte. Aufgeschlagen für uns. Hast du selbst für den Trost nach deinem Tode vorgesorgt, du seltsam großartige, außergewöhnliche Frau? Meine Augen hafteten auf den Zeilen von Gottfried Benn, die da standen wie Hieroglyphen aus dem Jenseits:

> . . .
> so fallen die Tage,
> bis der Ast am Himmel steht,
> auf dem die Vögel einruhn
> nach langem Flug.

Ich las die Zeilen Doris vor. Das Wort „einruhn", so ganz dem Tode der Rektorin zugemessen, die, mit einem Buch von Gedichten in der Hand, hinübergeruht war in das Jenseits, brachte einen ersten tröstlich kühlenden Hauch in unsere wunden Herzen. Ja, sie war eingeruht nach langem, beglückendem Flug über reiches und fruchtbares Land. Ein paar Flügelschläge mehr oder weniger, was liegt daran? Und weshalb sollte nicht der Ast, auf dem der letzte Flug endet, für sie am Himmel ihrer spanischen Heimat stehen?

Es hat lange gedauert, bis wir uns soweit gefaßt hatten, daß wir die nächstliegenden Gedanken bewältigen konnten. Was sollten wir tun ?
Die Rektorin hier in Spanien begraben zu lassen, kam nicht in Betracht; schließlich hatte sie doch daheim eine Familiengruft geschaffen mit Granitstein und Bronzebuchstaben! Wir mußten also die Tote überführen lassen von Spanien durch Frankreich nach Deutschland. Ich rechnete. Das waren rund 1500 Kilometer. Ich wußte, daß bei Überführungen mit der Bahn ein Zinnsarg vorgeschrieben war und daß den Transport eine amtlich bestallte Begleitperson überwachen mußte. Die

Kosten würden jedenfalls eine beachtliche vierstellige Zahl ergeben. Die Überführung durch ein Leichenauto von Katalanien in die Fränkische Schweiz wäre keinesfalls billiger.
„Aber wir können doch Mama auf den Rücksitz unseres Autos betten und sie selbst mit heimfahren", warf meine Frau ein.
„Der Transport von Leichen ist nur behördlichen Institutionen gestattet, außerdem erfordert der Grenzübertritt viele besondere Formalitäten", entgegnete ich.
Es mag der Teufel gewesen sein, der uns beiden – fast gleichzeitig – den Gedanken eingab, die tote Rektorin doch auf dem Rücksitz sitzend in einer Gewaltfahrt nach Deutschland zu schmuggeln.
Mit fliegenden Händen packten wir die Koffer. Als wir alles verstaut hatten, fiel uns ein, daß wir unsere Tote ja nicht im Schlafrock nach Deutschland transportieren konnten; wir mußten ihr ein Kleid anziehen. Wir rissen ihren Koffer wieder auf und durchwühlten ihn nach einem passenden Kleid. Da fand Doris ein schwarzes unter der Wäsche. Wozu in aller Welt hatte die Rektorin ihr schwarzes Kleid eingepackt? Vorsorge? Wofür ?
Und da die Rektorin gewußt hatte, daß die Frauen in Südeuropa ihren Kopf mit einem Schleier bedecken, wenn sie eine Kirche betreten, fand sich auch ein großer schwarzer Schleier in ihrem Gepäck. Sie hatte ihn zuletzt vor der Weihnachtskrippe getragen.
Die alte Senora sei sehr erkrankt, erklärten wir der Hotelleitung und begründeten damit unsere schnelle Abreise sowie die Tatsache, daß ich die verschleierte alte Dame auf den Armen über die Treppe hinunter ins Auto trug. Angetan mit schwarzem Kleid, einem Hut und darüber einem Schleier saß die tote Rektorin schließlich hinten im Wagen, dessen schwarze Farbe nun erstmals seiner Aufgabe vollkommen entsprach.
Trotz unserer Eile war es ziemlich spät geworden, bis wir zur Rückfahrt aufbrachen.
Ich fuhr viel zu schnell. Schnelles Fahren strengt an. Ich hatte keinen Blick mehr für den Reiz der fremden Landschaft. Meine Augen waren ganz an die Straße gebunden. Ihr Band lief unter unserem Kühler durch, Stunden um Stunden. Der Verkehr hatte merklich nachgelassen, ich erhöhte meine Geschwindigkeit noch mehr. Mir war es, als griff eine mächtige Hand an meine beiden Schläfen. Der Druck schloß meine

Lider. Mühsam riß ich die Augen auf. Ich wischte mit der Hand über das Gesicht; kalter Schweiß stand mir auf der Stirn. Ich zündete mir eine neue Zigarette an, um wach zu bleiben. Es würde wenig Sinn haben, ich hatte schon fast ununterbrochen geraucht, die Zunge lag trocken im Mund.

Wir waren das einzige Fahrzeug, das zu so nachtschlafender Zeit die Grenze überschritt. Der spanische und der französische Zöllner blickten flüchtig ins Auto und dämpften ihre Stimme, um die alte Dame nicht zu wecken. Sie ließen uns ohne Schwierigkeit passieren. Wir atmeten auf.

Doris hatte die ganzen Stunden her versucht, mich durch ein Gespräch munterzuhalten. Nun schwieg sie seit einiger Zeit. Ich blickte kurz zu ihr hinüber. Sie saß aufgerichtet und schien durch die Windschutzscheibe auf die Fahrbahn zu starren. Aber ihre Augen waren längst zugefallen; sie schlief verkrampft und steil sitzend, sie erinnerte mich eigentümlich an die Rektorin, die mit ähnlicher Haltung auf dem Rücksitz saß. Ich sah in den Rückspiegel und erblickte die nun wahrhaft gespenstische Erscheinung der Toten. Die Unebenheiten der Straße hielten das Fahrzeug ständig in leicht stoßender Bewegung. Unaufhörlich bewegte sich in diesem Stakkato der Körper der toten Frau. Der Hut mit dem Schleier war etwas nach hinten gerutscht, vor dem fahlen Antlitz, das länger und schmäler als sonst erschien und mich an ein blau-bleiches Gesicht eines Greco-Bildes erinnerte, tanzte und zuckte herausfordernd der schwarze Schleier. Spitz ragte das Kinn der Verblichenen darunter hervor. Irgendwie erschien die ganze Gestalt von einem gespenstischen Leben erfüllt. Als wir durch eine kleine Ortschaft fuhren, huschte der Schein der Straßenlichter über das verschleierte Antlitz, so daß es mir aus dem Spiegel Grimassen entgegen schnitt.

Auch ein Arzt ist ein Mensch mit Nerven. Ich mußte meine ganze Vernunft zusammennehmen, um das Steuer beherrscht und ruhig in der Hand zu behalten.

Nun forderte aber die Straße meine ganze Aufmerksamkeit. Es kam mir aus der Ferne ein Fahrzeug entgegen; seine Scheinwerfer klecksten gelbe Farbflecke an die Hänge. Als das Auto näher kam und sein Licht das Innere meines Wagens etwas erhellte, warf ich wieder einen schnellen Blick auf den Hintersitz. Was ich sah, jagte mir ein Entsetzen über den Rücken. Die Rektorin beugte sich schräg zur Seite auf mich zu. Einen Herzschlag lang ging meine Phantasie mit mir durch, die überforderten Nerven versagten.

„Sie bewegt sich, sie lebt!" fuhr es durch mein Gehirn, und schon trat mein Fuß in einer Reflexbewegung hart auf die Bremse. Ein Kreischen, ein Schleudern, ein Poltern; der Wagen stand. Die Rektorin war an den Vordersitz geschlagen und dann

vollends auf den Boden gerutscht.
Es dauerte eine Weile, bis die schlafende Doris sich zurechtfand. Viel Zeit blieb ihr nicht, denn das entgegenkommende Fahrzeug hatte ebenfalls angehalten. Jetzt erst sah ich es. Ich sah noch mehr: Es war ein Streifenwagen der Polizei.
„Was gibt es?“ fragte ein Mann auf französisch, der in Uniform hilfsbereit auf unseren Wagen zukam.
„O nichts“, versicherte ich und versuchte, ein harmloses Gesicht zu machen. Ich stieg schnell aus, um ihn von unserem Wagen fernzuhalten. Ich deutete ins Dunkel der rechten Straßenseite. Ich tat, als suchte ich dort etwas. Der junge Polizeimann blickte mit mir angestrengt in die Finsternis. Ich zuckte mit der Schulter, machte eine abfällige Handbewegung und sagte:
„Das war ein Tier, das über die Straße wollte und mich zum Halten zwang. Un animal, un chien.“
Der Franzose lachte:
„Un chien!“ – Ein Hund!
Nun hatte er eine Erklärung für mein Schleudern. Galant begleitete er mich die paar Schritte bis zur Wagentüre. Ich hätte ihm gerne eine Zigarette angeboten, aber das Aufflammen der Streichhölzer könnte etwas beleuchten, was er nicht sehen sollte. So nickte ich ihm nur schnell zu, öffnete die Wagentür einen Spalt, zwängte mich hinein und startete den Motor.
Der Polizist salutierte, dabei zeigte er mit der anderen Hand schräg nach unten auf unsere Autotür. Ich beugte meinen Kopf etwas zum Fenster hinaus und blickte dahin, wohin der Finger des Franzosen wies. Im Licht des Polizeiwagens sah ich, daß zum Türspalt ein Zipfel des Schleiers der Rektorin hinaushing.
Ich winkte mit der Hand ab und fuhr an.
„Mein Gott“, seufzte Doris.
Ich wischte mir den Schweiß von der Stirn und trat aufs Gaspedal. Nach einigen Kilometern fuhr ich von der Straße herunter in einen seitlichen Hohlweg, der offenbar in nahe Weingärten führte.
Wir stiegen aus. Das Lämpchen im Wageninnern senkte sein Licht auf ein trauriges Bild. Die Leiche der Rektorin kniete zwischen Vorder- und Rücksitz. Während der Kopf hinter dem Fahrersitz steckte, ragte der Rumpf wie ein Höcker empor. Man

konnte denken, daß die Tote etwas suche. Ich mußte mir einen inneren Ruck geben, um sie wieder aufzurichten und in ihre Ecke zu setzen. Doris brachte ihrer Mutter Kleid, Hut und Schleier in Ordnung.

Wortlos fuhren wir in die Morgendämmerung hinein. Trotz aller Aufregungen wurden meine Augenlider immer schwerer. Doris war unfähig, sich zu unterhalten. Ihre Augen waren bereits wieder ganz klein geworden. Um mich wachzuhalten, summte ich vor mich hin. Nach einer Weile merkte ich, daß ich der toten Rektorin vorgesungen hatte: „Schwäbische, bayrische Dirndeln juchheirassa, muß ein Schiffsmann fah-ha-ha-ren."

In Montpellier tankten wir und tranken, da es inzwischen Tag geworden war, heißen Kaffee. Diese kurze Pause erfrischte uns wenigstens etwas, und so konnten wir, als wir die Stadt in Richtung Arles verließen, ein Gespräch führen.

„Ach, Klaus", meinte Doris, „heute nacht habe ich daran gezweifelt, ob es richtig ist, Mama auf diese Weise heimzubringen."

„Ich auch", entgegnete ich, „aber heute abend sind wir auf deutschem Boden, dann ist der Spuk vorbei."

„Ich möchte nicht noch eine solche Nacht zubringen. Ich kam mir vor wie eine Schauspielerin eines englischen Gruselfilms, die sich so in ihre Rolle verliert, daß sie selbst von der Angst gepeinigt wird."

Ich mußte zugeben, daß der Vergleich auch auf mich zutraf. Ich war mir vorgekommen wie 'Einer, der auszog, das Gruseln zu lernen'. Nun bei Tag hatte alles wieder seine richtige Dimension bekommen, die Gänsehaut hatte sich geglättet.

„Wir fahren den kleinen Umweg über Marseille", sagte ich mit trockener Stimme. „Du erinnerst dich doch, daß wir der Rektorin versprochen haben, auf dem Rückweg nach Marseille zu fahren. Ich möchte dieses Versprechen gerne halten."

Doris nickte wortlos, während ihr die Tränen über die Wangen rollten.

Als wir gegen Mittag das Wasser des Etang de Berre zu unserer Rechten aufblitzen sahen, beschlossen wir, in Marseille zwei Stunden Schlafrast einzulegen.

Wir hätten es nicht beschließen sollen!

Marseille bot sich, als wir die Straße von Aix hereinfuhren, als eine Stadt mit grauem Alltagsgesicht. Alle Menschen schienen uns mürrisch und unausgeschlafen – wie wir selbst –, lustlos, aber mit Hast ihrer Arbeit nachzugehen. Die ersten Wagen, die wir überholten, waren ein Auto der Müllabfuhr und ein LKW mit Schrott. Symbole einer Stadt!

Wir fuhren hinab an den Hafen. An der Reede qualmten die Schiffe, Motore und Signale zersägten den Morgen, Kräne hieben mit eisernen Armen Wunden in den flimmernden Himmel, der sich im Glast hinter der Ile Ratonneau über dem Golf du Lion aufbäumte.

Ich sah im Rückspiegel, wie die Rektorin mit schaukelndem Schleier allem zunickte.

Kerzengerade durch die Altstadt, vorbei an der Präfektur, führte uns die Straße nach St. Marguerite, wo Corbusiers strahlende Hochhausfassade sphinxhaft den herkömmlichen Gebäuden ins graue Gesicht lächelt.

Die Rektorin nickte wippend auf ihrem Rücksitz.

Wo die Straße nach Toulon eine Biegung nach Osten macht, erweitert sie sich zu einem kleinen Platz, an dessen rechter Flanke ich den Namen „Hotel“ erblickte. Ich parkte den Wagen vor dem Hotel, wo viele Autos in langen Reihen standen. Doris griff nach der Tasche, die Schlaf- und Waschzeug enthielt; wir stiegen aus. Ganz gegen meine sonstige Gewohnheit prüfte ich den Verschluß von Kofferraum, Türen und Fenstern, als fürchtete ich, die Rektorin könnte während der Rast entfliehen.

Ich hatte seit länger als vierundzwanzig Stunden kein Auge zugetan, nun fiel ich wie ein Stein in das Hotelbett. Jeder Atemzug schien mich mit Blei zu füllen, es kam mir vor, als sinke ich bei jedem Ausatmen immer tiefer in das Lager ein. Dennoch kamen meine Gedanken nicht gleich zur Ruhe. Immer wieder erschien vor meinen Augen das Bild der verschleierten Toten, die drunten am Fenster des Wagens saß und mit hölzernen Zügen aus geschlossenen Lidern auf das Straßenleben Marseilles starrte.

Als nach zwei Stunden unser Reisewecker schnarrte, vermochte er nicht, mich völlig ins Bewußtsein zurückzurufen. Ich stellte mechanisch mit blinzelnden Augen das Läutwerk auf später und versank augenblicklich wieder in die taube Nacht meiner Erschöpfung.

Zwei Stunden später schüttelte mich Doris wach. Erst die kalte Dusche nahm mir das Gefühl völliger Zerschlagenheit. Wortlos aßen wir einen Imbiß, tranken starken

Kaffee, beglichen unsere Rechnung und traten vor das Hotel. Auf dem Platz parkten jetzt noch mehr Autos, und ich konnte nun unseren Wagen gar nicht gleich sehen. Ich ging einige Schritte nach links, auch von hier aus blieb er unauffindbar. Dort, wo ich mein Auto vermutete, stand ein himmelblauer Citroen, dessen Kühlerschnauze sich – wie es schien – zu einem breiten Grinsen verzog. Auch Doris starrte fassungslos auf das fremde Fahrzeug. Wir blickten uns an und dann rannten wir auf den Himmelblauen los, als müßte er sich bei einer gewissen Annäherung doch schließlich in unser schwarzes Auto verwandeln. Von Schrecken gejagt, liefen wir erst kreuz und quer zwischen den parkenden Wagen herum, dann gingen wir in geradezu kindischer Unbelehrbarkeit systematisch alle Autoreihen ab.
Der Wagen mit der Rektorin blieb verschwunden.
In meiner Kehle stieg ein Gefühl auf, das ich kaum mehr kannte. In meiner Kinderzeit hatte ich es immer verspürt, bevor ich weinen mußte. Doris hatte sich an den Randstein gesetzt und heulte hemmungslos.
Ich mußte das alles träumen; das konnte doch einfach nicht wahr sein, das konnte es ja gar nicht geben ! Ein scheußlicher Traum!
Ich weiß nicht mehr, was mir die Illusion, alles sei nur ein Traum, wieder zerstörte; aber das Begreifen der Wirklichkeit war vernichtend: Der Wagen war fort.
Wenn ich auch früher oft gegen den Glauben der Rektorin, die möglichen Schicksalsschläge seien weitgehend vorauszuberechnen und durch eine planmäßige Vorsorge ließe sich vieles – wenn nicht alles – ins gewünschte Gleis schieben, opponiert hatte, so muß ich doch zugeben, daß ich ihrer Theorie schon etwas erlegen war, zumal die Probe aufs Exempel ihr so oft rechtgegeben hatte. Die letzten Ereignisse trafen mich und besonders meine Frau nun doppelt unvorbereitet. Was nach unserem Kalkül jetzt übriggeblieben war, war ein gewaltiger Rest, der uns niederschmetterte, ein Geschehen, mit dem das Schicksal uns erdrückend bewies, daß es sich nicht in die Karten sehen läßt; auch nicht von der Rektorin. Sie selbst war zum Corpus delicti geworden in einem Prozeß, der den Stab über ihre Lebensphilosophie krachend brach.
Eine Welt stürzte für uns zusammen, und die erste klare Erkenntnis, die wir nach dem Chaos gewannen, war furchtbar genug, uns in einen neuen Abgrund zu schleudern:

Unser Wagen samt der toten Rektorin war gestohlen worden!
Das war kein Traum, das war irrsinnige Wirklichkeit, die uns einem nicht enden wollenden Leidensweg behördlichen Mißtrauens auslieferte; zuerst in Frankreich, viel später daheim in Deutschland.
Der Leidensweg begann auf der nächsten Polizeistation.
Hinter einer Holzbarriere stand, unfreundlich und eng, ein veraltetes, braungestrichenes Mobiliar, das sich, wie die grünen Lampenschirme, hart gegen die gekalkten Wände abhob. Weich und füllig bildete den Mittelpunkt dieses Amtsraumes eine blaue Uniform, deren Träger unseren gekauderwelschten Wortschwall ungerührt über sich ergehen ließ. Es war Mittagszeit, und der Polizist vom Dienst hatte auf seinem Schreibpult eine Mahlzeit ausgebreitet.
Er aß mit Genuß. Seine Finger – jeder im Umfang der Wurst gleich, die er verzehrte – umschlossen das Messer wie ein Spielzeug. Griff und Klinge verschwanden je zur Hälfte in den Pranken. Das Messer schnitt einmal die Wurst, einmal trennte es ein Stück vom Weißbrot, zuletzt schließlich entfernte es einen Speiserest aus den Zähnen. Dabei wurde der Mund ungeniert in voller Größe geöffnet. Im ganzen bot er ein Bild satter Genügsamkeit, rustikal, in sich zufrieden, versöhnt mit der Welt.
Ich werde dieses Bild nicht vergessen, denn Ruhe, Sattheit und Zufriedenheit waren lauter rote Tücher für meinen gereizten Gemütszustand. Das aber war erst der Auftakt.
Nachdem man sich einmal mit „unserem Fall" beschäftigt hatte, zerrieben uns die Mühlen der Behörden zwischen ihren Mühlsteinen, zumal sich nun auch der Zoll für uns interessierte. Unser Wagen sei in Frankreich eingeführt worden, werde aber nun nicht mehr ausgeführt. Das bedeute, daß wir ihn wie bei einem regulären Import verzollen müßten. Sollte sich der Wagen wiederfinden, so könnten wir, nach Ausfüllung der entsprechenden Formulare, die auf schriftlichen Antrag auf Zimmer sowieso ausgehändigt würden, mit der Rückzahlung des entrichteten Zolls rechnen. So seien leider die Bestimmungen. Je regrette, monsieur. Ein bedauerndes Schulterzucken.
Übrigens, versicherte uns ein Polizeibeamter, habe man schon öfters in letzter Zeit hier Autodiebstähle registrieren müssen!
„Das sind Spanier, Katalanier", versicherte er hinter vorgehaltener Hand, „die

schaffen die Autos über die Grenze, irgendwo in den Pyrenäen! So viel wissen wir. Aber machen Sie sich wenig Hoffnung, wir haben leider noch keine ganz heiße Spur. Und die Katalanier, die halten zusammen wie Pech und Schwefel, die lassen keinen ihrer Leute auffliegen. Die haben sogar schon Leute wieder rausgebracht, die bei uns in Gewahrsam saßen. Ein Katalanier geht für den anderen durch die Hölle! Da haben wir es schwer mit der Aufklärung solcher Fälle. Verstehen Sie?"

„Sie meinen, unser gestohlener Wagen sei nach Katalanien zurückgeholt worden, samt Inhalt?" fragte ich.

„Da bin ich eigentlich ganz sicher", nickte der Beamte.

Doris und ich wechselten einen fragenden Blick.

Vier Tage ließen wir uns von der Polizei und der Zollbehörde verhören, unterschrieben Protokolle, füllten Formulare aus, erhielten Bescheinigungen und Rechtsmittelbelehrungen, warteten auf Gängen und in Vorzimmern. Sprachliche Schwierigkeiten und Mißverständnisse brachten uns dabei oftmals an den Rand der Verzweiflung.

Während wir die ersten beiden Tage buchstäblich einem Nervenzusammenbruch nahe waren, stumpften wir in den folgenden völlig ab. Ein grimmiger Humor hielt uns auf den Beinen. Wir fanden uns langsam damit ab, daß uns niemand unsere eigenartige Geschichte ernsthaft glauben wollte und daß wir den gestohlenen Wagen obendrein auch noch verzollen mußten, als hätten wir ihn in Frankreich verkauft. Die Aussicht, daß der Wagen mit der toten alten Dame gefunden würde, wurde mit jedem Tag geringer. Katalanien war weit, und Weihnachten war vorüber. Als wir am vierten Tag abends im Zug saßen, als einziges Gepäck die Tasche mit den zwei Schlafanzügen und dem Waschzeug bei uns, waren wir froh, daß man uns nicht auch noch wegen Leichenschmuggels hinter Gitter gesetzt hatte.

Mein rechter Arm umfaßte Doris, unter dem linken trug ich die Tasche, als wir daheim durch die Gartentür unser Grundstück betraten.

Die Bäume bogen sich unter der Last des Schnees und warfen Schatten auf die weiße

Fläche. Eine Weile standen wir versunken und empfanden die Geborgenheit, die das Zuhause verströmt. Doris konnte ihre Tränen nicht zurückhalten.
„Herr Doktor!" rief eine Stimme. Ich drehte mich um. Hinter uns stand der Steinmetzmeister, der im Auftrag der Rektorin den Stein unserer Familiengruft gefertigt hatte.
„Hier bringe ich die Buchstaben", sagte er, „welche die Frau Rektor bestellt hat."
Er hielt ein kleines Päckchen in der Hand. Ich sah ihn unwissend an. „Ach so", meinte er erläuternd, „Sie wissen von nichts? Das ist so: Die Frau Rektor war vor etwa zehn Tagen bei mir und hat mich beauftragt, die Bronzebuchstaben ihres eigenen Namens für den Familiengrabstein zu bestellen."
Ich sah, wie Doris erblaßte und stützte sie. Der Steinmetz fuhr indessen ahnungslos fort:
„Die Frau Rektor war nicht sicher, ob man später, bei ihrem Tode, noch die gleichen Schrifttypen beschaffen könnte. Um ganz sicher zu sein, daß sie einmal dieselbe Grabschrift erhält wie ihr Gatte, hat sie die Buchstaben für sich nun schon im voraus bestellt. Die Frau Rektor ist eine kluge Frau, sie denkt doch wirklich an alles."
„Fast an alles", murmelte ich.
Der Steinmetz starrte mich entgeistert an, als ich zu ihm sagte :
„Bringen Sie die Buchstaben gleich an und besorgen Sie dazu Bronzezahlen für das Sterbedatum. Es war der 1. Weihnachtsfeiertag."

III

Es war tiefe Nacht geworden. Unser Erzähler schwieg jetzt; und wie um ein weiteres Gespräch zu vermeiden, wünschte er schnell eine gute Nacht und ging auf sein Zimmer.
Als wir am nächsten Morgen an der Hotelrezeption nach ihm fragten, sagte man uns, der Doktor sei bereits nach Marseille abgefahren.

DER MOHRENHANS

Im Dorf da ist es halt so Brauch,
daß man zwei Namen hat;
Hausnamen sagt man dazu auch,
man kennt's nicht in der Stadt.

Amtlich steht's im Standesamt,
wie man sich richtig schreibt,
aus welchem Hof man jedoch stammt,
der Name meist verschweigt.

Wie man im Dorfe wird gerufen,
wie man sich wirklich nennt,
dafür sie eig' ne Namen schufen,
die nur der Dörfler kennt.

Und manchmal weiß man es noch heut,
wie sich ein Name fand,
im Dorf erzählen es die Leut,
dort ist die G'schicht bekannt.

So auch die G'schicht vom Mohrenhans,
ach Gott, gar lang ist's her,
anfing es mit der Weihnachtsgans;
die lebt schon lang nicht mehr.

Der Hans hat mit den Federn sich
den schönsten Hut gemacht.
„Der paßt für'n Kaspar sicherlich",
hat der Kaplan gelacht.

Damit war für den Hans ganz klar,
daß er der Mohr darf sein,
wenn nun recht bald im neuen Jahr
drei König ziehen ein.

Er trug ein wunderbares Kleid
und Federn auf dem Hut.
Als schönster König weit und breit
gefiel der Hans sich gut.

Doch als er sein Gesicht wollt schwärzen,
da hat er doch gestutzt,
da war's ihm gar nicht mehr zum Scherzen:
der Ofen war geputzt!

Kein Stäubchen Ruß konnt da man finden,
was dunkeln könnte sein Gesicht,
da mußte er sich überwinden,
denn weiße Mohren gibt es nicht!

Beherzt langt er zur Schuhkrem hin,
was half's, es mußte sein,
so schwarz war noch kein Mohr vor ihm,
er glänzte wunderfein.

So zog er mit den Weisen fort,
war schwärzer als die Nacht,
hat brav gesammelt hier im Ort,
es hat ihm Spaß gemacht.

Sie sind von Hof zu Hof gerannt,
mit ihrem frommen Spruch,
den Hans hat kaum ein Mensch erkannt,
der Gaben gab's genug.

Am Abend war der Zauber aus,
der Hans kam müde heim,
er schlüpfte aus den Kleidern raus
und wusch die Hände rein.

Doch sein Gesicht? Die Mutter rät:
„Kernseife macht es hell!"
Die Schuhwichs hatte Qualität,
sie haftet wie ein Fell!

Die Mutter seifte, schrubbte, rieb,
Hans hielt es aus getreulich,
obgleich man alles übertrieb,
der Hans blieb schwarz und gräulich!

Zuletzt da hat er ausgeschaut
wie ein zerkratztes Brett,
ganz dünn war seine arme Haut.
So ging er dann ins Bett.

Am Morgen war'n die Kissen grau,
der Hans, der war's nicht minder,
und traute er sich aus dem Bau,
dann lachten alle Kinder.

Doch langsam hell ward sein Gesicht,
die Schwärz verschwand bald ganz,
im Dorfe doch vergaß man's nicht,
er hieß jetzt Mohrenhans.

So nennt man seine Söhne auch
und auch der Enkel Schar,
so ist es halt im Dorf der Brauch:
ein Name sagt, was war!

Die Dinosaurierweihnacht

Ach Gott, wie ist das schrecklich heuer,
wo man hinsieht, stehen sie,
in jedem Laden Ungeheuer!
Gibt's denn gar kein and'res Vieh?

Die Dinosaurier haben nun
zum zweitenmal die Welt besetzt.
Kann man denn nichts dagegen tun,
so fragt die Oma ganz entsetzt.

Du kannst nur noch auf später hoffen,
jetzt kommen Saurier zur Welt
aus Plastik, Pappe, Gummi, Stoffen,
Dinos für jeden, wie's gefällt.

Mit Schuppen, Hörnern, Panzern, Krallen,
mit Klauen, Hauern, spitzem Zahn!
Wem kann solch Scheusal nur gefallen?
Es spinnt die Welt im Saurierwahn!

Und jeder Junge – noch so klein –
will nur mit ihnen spielen,
verschmäht wird Pferd und Teddylein,
die sonst so gut gefielen.

Was sollen da die Eltern tun?
Sie fügen sich und kaufen
und auf den Gabentischen ruh'n
die Saurier nun in Haufen.

Ein Buch mit Sauriern wird erworben,
damit man namentlich sie kennt,
und Viecher, die längst ausgestorben,
ersteht man nun im Sortiment.

Und wenn die Ungeheuer stehen
am Weihnachtstisch schön aufgereiht,
da kann der Bub sich satt nicht sehen,
nichts and'res hat ihn so gefreut.

Die fränkisch' Kripp' mit Fels und Tann
im Fachwerkstall das Kind,
die sieht der Bub heut' gar nicht an,
weil wichtig nur die Dinos sind.

Er spielt mit diesen Scheußlichkeiten
so hingerissen, liebevoll;
nichts kann ihm solche Freud' bereiten,
er findet Dinosaurier toll.

Die Oma freut sich schließlich auch,
als sie den großen Spaß geseh'n,
zwar war das früher nicht der Brauch,
doch muß man mit der Mode geh'n.

Doch später hat sie bös geschaut
als in der Krippe sie erkannt,
der Bub hat dort nun aufgebaut
ein echtes Dinosaurierland.

Ochs und Esel sind entfernt,
dafür bewachen nun die Krippe,
ganz anders als man uns gelernt,
zwei Saurier sie mit gift'ger Lippe.

Ein Archae-opt'ryx fliegt als Engel
hoch über'n Stall geschwinde,
und an die Seite stellt der Bengel
drei Könige samt Gesinde.

Doch Pferd, Kamel und Elefant,
die sieht man nun nicht mehr,
der Bub stellt auf mit sich'rer Hand
ein Dinosaurier-Heer.

Und Kaspar, Melchior, Balthasar,
die reiten nun auf Drachen,
und auch die ganze Dienerschar
mit ihren vielen Sachen.

Die Oma sieht's mit Grausen an,
was da der Bub gemacht,
doch sagt voll Stolz der kleine Mann:
„Schau doch, wie's Christkind lacht!“

EIN FRÄNKISCHER KÖNIG WENIGSTENS

Epiphania heißen die Kirchenleute das Fest der heiligen drei Könige. Als Bub haben mich die drei Könige vor der Krippe immer besonders begeistert, wie sie da nierderknien vor dem Kind mit Kronen und Turbanen auf den Köpfen, von Dienern umgeben und kostbare Geschenke in prächtigen Gefäßen darbringend. Nach den ärmlichen Hirten, die an jedem heiligen Abend in den Krippen den Stall von Betlehem bevölkern, ist es eine echte Augenweide, wenn am 6. Januar die drei Könige mit Gewändern aus Samt und Seide, mit Brokat und Borten gesäumt, die ärmliche Szene im Stall beherrschen. Und wenn man den üblichen Darstellungen Glauben schenken darf, dann kamen sie auf edlen Tieren angeritten; einer auf einem Elefanten, einer auf einem Kamel und einer hoch zu Roß.
Ich hab mir damals als kleiner Junge schon immer gedacht, daß vielleicht einer von denen aus der Fränkischen Schweiz gekommen sein könnte. Das konnte ich mir recht gut vorstellen. Ich hab mir das genau ausgemalt, wie der durch das Wiesenttal mit seinem Gefolge in Richtung Jerusalem abgezogen ist und die Bauern von ihren Feldern ihm zugewunken haben. Als ich das einmal meinem Vater erzählt habe, da hat er mich schmunzelnd angehört und gemeint: „Wer weiß?"
Ich hab mir gedacht, daß sicher die drei Könige daheim alle auf großen Schlössern und Burgen residiert haben; und davon gibt es ja bei uns im Fränkischen wirklich genug, eine hinter der anderen. Vielleicht hat einer der heiligen Könige auf der Neideck gewohnt, in Gößweinstein, Hundshaupten oder im Schloß Greifenstein?
Wissen kann das ja niemand, und in den Evangelien steht nichts darüber. Sicher ist, daß wir Burgen und Schlösser für alle drei Könige gehabt hätten. Genau genommen für 170 Könige, denn soviel Burgen soll es einmal bei uns in der Fränkischen Schweiz gegeben haben, hab' ich gelesen.
Als Bub hab ich ja nicht in den Evangelien nachgeschaut, aber jetzt hab ich extra einmal nachgesehn, was dort genau steht, weil ich immer noch nicht sicher bin, ob nicht doch einer der Könige von Franken gekommen ist.
Beim Evangelisten Matthäus 2,1 – 12 kommen die heiligen drei Könige vor. Sonst nirgends. Es steht bei Matthäus jedenfalls nichts davon, daß keiner der Könige aus

der Fränkischen Schweiz gekommen sein könnte. Nein, der Evangelist hat diese Möglichkeit nicht ausgeschlossen. Also kann man die Vermutung, die ich als Bub aufgestellt habe, von daher nicht einfach ausschließen.

Oder vielleicht doch?

Denn bei Matthäus heißt es ausdrücklich, daß die Könige aus dem Osten gekommen sind. Darüber mußte ich lange nachdenken, denn die Fränkische Schweiz liegt ja wirklich nicht östlich von Jerusalem.

Ja, aber wer sagt denn, daß unser fränkischer König geradewegs vom Wiesenttal nach Jerusalem geritten sein muß? Der kann ja einen kleinen Umweg gemacht haben.

Wenn zum Beispiel ein Forchheimer nach Ebermannstadt will, dann kann er wiesentaufwärts dorthin gehen, und er kommt dann aus dem Westen. Wenn er aber erst nach Eggolsheim reitet, von dort nach Drosendorf und über den Feuerstein, dann kommt er von Norden, und wenn er über Heiligenstadt reist, dann in Gasseldorf rechts abbiegt, dann kommt er von Osten her nach Ebermannstadt. Nehmen wir aber an, der Forchheimer hat den Weg über Kirchehrenbach und Pretzfeld genommen, dann reitet er über die Grießbrücke von Süden her nach Ebermannstadt ein.

Damit dürfte also klar sein, daß ein fränkischer König durchaus auch von Osten her nach Jerusalem gekommen sein kann. Ein Widerspruch zu Matthäus muß also hier wirklich nicht vorliegen. Gott sei Dank nicht!

Ich weiß schon, daß man aber gegen meine Theorie vorbringen könnte, daß nämlich in der Fränkischen Schweiz gar keine Könige geherrscht hätten; zu gar keiner Zeit!

Also mit diesem Vorwurf kann mir keiner kommen, der sich mit der Dreikönigsgeschichte ernsthaft beschäftigt hat! Im altgriechischen Urtext, heißt es ja gar nicht, daß es Könige gewesen sein müssen. Da steht etwas von drei Magiern, was wirklich besser mit drei Weisen zu übersetzen wäre, wie ja auch oftmals üblich. Die ganz gescheiten Philologen meinen übrigens, daß es sich um drei Sterndeuter oder Astrologen gehandelt haben müßte. Also können die Sprachwissenschaftler von daher auch keine Einwendungen machen, daß, nach meiner Einsicht, mindestens einer von den dreien aus Franken stammen könnte und mehr ein Sterngucker als ein echter König war. Vielleicht war er ein astrologisch interessierter fränkischer Burgherr. Das könnte sowohl für die getreue Übersetzung wie auch für die geläufige Überlieferung am besten passen. Man muß halt nur ein bißchen nachdenken, dann kommt man schon von selbst der Wahrheit auf die Spur.

Und nun mal ganz ehrlich, Sterngucker hatten wir immer schon wirklich genug bei uns! Das Sterngucken liegt uns Franken seit eh und je so recht im Blut. Abends, wenn sie vom Wirtshaus heimkommen, da gibt es kaum einen, der nicht immer einmal wieder zum Himmel hinaufschaut, wenn er aus irgendwelchen Gründen eine kleine Pause einlegen muß. Und da guckt er natürlich die Sterne an. Und die vielen Burg- und Kirchtürme bei uns, waren das nicht ideale Sternguckwarten? Bei Tag hat man von den Türmen nach den Feinden Ausschau gehalten. Und bei Nacht? Da kann man die Feinde ja nicht sehen, aber den Himmel natürlich. Da hat man dann die Aussichtstürme genutzt und zu den Sternen am Firmament hinaufgesehen. Den Stern von Betlehem hat man da ganz bestimmt schon von weitem gut erkennen können.

Also, ich meine schon, daß auch von dieser Warte her betrachtet, einer der drei Weisen von der Fränkischen Schweiz gekommen sein müßte.

Und wenn man die Namen der drei betrachtet, so wie sie überliefert sind, dann scheint es ja auf der Hand zu liegen, daß es sich um fränkische handelt. Kasper, Melcher, Balzer, die Namen sind bei uns seit alters daheim!

Da will ein ganz gescheiter Sprachforscher herausbekommen haben, daß zum Beispiel der Name Kaspar einem indischen Sprachstamm zugehörig sei. Also da muß ich energisch Einspruch erheben. In meinem eigenen Stammbaum habe ich bei etlichen meiner Ahnherren den Vornamen Kaspar gefunden. Glaubt denn der neugescheite Professor, daß meine Vorfahren, die alle Jurabauern waren, Inder gewesen sind? Na also, da lachen doch die Hühner!

Von der Namensforschung aus ist also meine Theorie schon gar nicht zu erschüttern. Übrigens hängen die Inder als Mitglieder der indogermanischen Sprachfamilie sogar mit uns ganz entfernt ein bißchen zusammen, so daß man den Namen Kaspar dann wohl auch bei uns als uralte Sprachwurzel nachweisen könnte und nicht nur in Indien, falls sich der Professor doch nicht ganz geirrt haben sollte. Ja, solche einfachen Zusammenhänge werden in der Wissenschaft halt oft übersehen.

Außerdem hat der Evangelist auch die Namen der heiligen Sterndeuterkönige gar nicht aufgeschrieben. Nur der Herrgott weiß, wie sie wirklich geheißen haben. Aber lassen wir es dabei: Kasper, Melcher und Balzer sind altfränkisch belegte Namen! Das kann wirklich niemand in Zweifel ziehen, ein echter Namenskundler schon gar nicht!

Abgesehen davon, ich will ja auch nur andeuten, daß einer der drei Heiligen wahrscheinlich doch ein Franke war. Alle drei vielleicht doch nicht, denn schwarze Franken gab es sicher früher keine. Heute gibt es ja welche, sowohl was die Haut als auch die Seele oder sonst noch was betrifft.

Aber wenn man sich wieder an Matthäus hält, dann ist dort über die Hautfarbe der Könige leider überhaupt nichts festgelegt. Und wer sich ein bißchen in der Kunst auskennt, der weiß auch, daß die Darstellung des einen Königs mit dunkler Haut erst im ausgehenden Mittelalter gebräuchlich geworden ist, also eineinhalbtausend Jahre nach dem Auftreten der drei vornehmen Herren an der Krippe von Betlehem. Ehrlich, wie soll nach so langer Zeit einer die Hautfarben der drei Weisen dann noch festlegen wollen? Also theoretisch wäre es von da aus gesehen sogar möglich, daß alle drei eine weiße Haut hatten und gemeinsam aus dem Fränkischen abgereist waren; aus Burk bei Forchheim oder aus Reuth zum Beispiel. Daß diese Orte mit den drei heiligen Königen etwas zu tun haben, das wird ja schon seit über tausend Jahren gemunkelt. Und das weiß jedes Kind, an solchen alten Gerüchten ist immer irgendetwas dran, ein Körnchen Wahrheit wenigstens. Und dieses Körnchen wäre hier dieses: Wenigstens einer der drei heiligen Könige stammt aus unserem Land!

Welcher es nun war, das bleibt ein ewiges Geheimnis und darf es von mir aus auch bleiben. Wir wollen schließlich nicht die gleichen Fehler machen wie die Forscher vor uns und Dinge behaupten, die sich dann doch nicht schlüssig beweisen lassen.

Eines können wir in diesem Zusammenhang aber bindend aussagen: Der fränkische unter den drei Königen war der, der mit dem Pferd angeritten kam, denn Elefanten und Kamele hat man auch in früheren Zeiten in der Fränkischen Schweiz nicht gezüchtet.

Wenn wir aber andrerseits nur ganz neutrale Feststellungen treffen wollen, dann müßten wir auch wiederum ins Kalkül ziehen, daß ja – rein theoretisch – alle drei Heiligen mit Pferden in Franken aufgebrochen sein könnten, aber zwei von ihnen irgendwo unterwegs auf Elefant und Kamel umgestiegen sind, weil ihre Pferde nach einer so langen Tour vielleicht gelahmt haben. Möglich wäre das schon, aber damit begeben wir uns auf die Bahn der Spekulationen, und das wollen wir ja streng vermeiden.

Darum möchte ich zum Schluß doch ein Argument anführen, das den wissenschaftlich exakten Beweis dafür liefert, daß wenigstens einer der drei aus Franken, genauer noch aus dem Bereich der Fränkischen Schweiz gestammt haben muß!

Den absoluten Beleg dafür liefert die Bibel bei Matthäus 2,12 selbst. Dort steht wörtlich:

„Weil ihnen – den Königen also – aber im Traum geboten wurde, nicht zu Herodes zurückzukehren, zogen sie auf einem anderen Weg heim in ihr Land."

Erinnern wir uns an die Vorgeschichte. Als die drei Weisen, dem Stern folgend, in Jerusalem eingetroffen waren, ließ der hinterfotzige König Herodes sie zu sich rufen. Er erkundigte sich scheinheilig nach der vermuteten Geburtsstätte des neuen Weltenkönigs und vereinbarte mit den Fremden, daß sie ihn, den Herodes, benachrichtigen sollten, wenn sie das Kind gefunden hätten. Er wolle auch dem kommenden Weltherrscher huldigen, versicherte er hinterhältig. In Wirklichkeit aber wollte er den vermeintlichen Thronkonkurrenten töten lassen.
Die drei Weisen aber hielten sich nicht an die Vereinbarung und verschwanden, ohne Herodes eine Nachricht hinterlassen zu haben!
Das war ja eines der tollkühnsten Stückchen der Weltgeschichte überhaupt! Hätten die drei Könige das göttliche Kind verraten, so wäre es den Häschern des Herodes zum Opfer gefallen. Nicht auszudenken!
Aber dem war ja gottlob nicht so. Mindestens einer der Könige war gewitzt genug auszutüfteln, wie man dem Herodes ein Schnippchen schlagen könnte. Man verschwand ohne Nachricht, sozusagen durch die Hintertür, ohne eine Spur zu hinterlassen! Man ließ den heimtückischen König Herodes in Jerusalem aufsitzen. Der saß und wartete und wartete. Die heilige Familie aber floh inzwischen in die Sicherheit nach Ägypten, und die drei Könige hatten sich längst aus dem Staub gemacht, bis der Herodes dahinterkam, daß man ihn einfach ausgetrickst und hereingelegt hatte.
So einfach, wie sich das anhört, war das aber sicher nicht, einen so mächtigen Herrscher wie den Herodes in seinem eigenen Reich mit samt seinen Spitzeln und Häschern auszuspielen. Nein, das ging nur mit einer ganz fein ausgeklügelten Schlaumeierei! Das war der Geniestreich von einem großen Schlitzohr, einem ganz gewürfelten Erzfrecker! Und die Erzfrecker kommen ja wirklich nur aus der Fränkischen Schweiz. Das kann wohl als gesichert gelten.
Ich glaube, daß dieser Beweis absolut schlüssig ist und daß damit meine kindliche Vermutung, daß einer der drei Könige ein hiesiger Franke gewesen sein muß, als wissenschaftlich belegt gelten kann, zumal sich diese Feststellung in widerspruchsloser Übereinstimmung mit der Aussage des Matthäusevangeliums befindet.
Ich kann nicht glauben, liebe Leserin und lieber Leser, daß du daran jetzt noch

zweifeln könntest. Wenn du wirklich noch unsicher bist, dann setze ich dich jetzt aber in Beweiszwang. Wie erklärst du dir es dann, wenn kein fränkischer König damals mitgespielt haben sollte, daß im heiligen Land ein Berg mit Blick auf Jerusalem heute noch Frankenberg heißt?

Ist doch klar; da hatte unser König mit seinem Gefolge damals sein Lager aufgeschlagen.

Also damit dürfte die Sache mit unserem fränkischen König aber endgültig und für alle Zeiten klargestellt sein.

Aber einen Gedanken möchte ich dennoch zum Schluß anbringen dürfen. Matthäus sagt nämlich, wie bereits zitiert, daß die Könige nicht zu Herodes zurückkehrten, „...sondern sie zogen auf einem anderen Wege heim in ihr Land".

Der Evangelist sagt nicht, daß jeder in sein Land heimzog, und er sagt nicht, daß sie in ihre Länder heimzogen, sondern er sagt ganz klar und eindeutig, daß sie in ihr Land heimzogen. Das ist also dann nur ein Land, in dem sie offenbar gemeinsam die Herrschaft ausübten und der Astrologie nachgingen.

Wenn nun aber bewiesen ist, daß einer der drei aus der Fränkischen Schweiz stammen muß, dann müßten logischerweise alle drei Könige aus Franken gekommen sein.

Es ist möglich, daß diese Enthüllung für Nichtfranken nur schwer zu ertragen sein wird. Ich persönlich bin meiner Sache aber sicher. Man soll uns aber nicht der Großmannssucht zeihen können, darum appelliere ich an die auswärtigen Zweifler, uns Franken wenigsten einen der heiligen Könige uneingeschränkt zuzugestehen. Mit unserem heiligen Kaiser Heinrich befindet er sich bei uns hier auch gewiß in allerbester höfischer Gesellschaft.

Ja, so ist das wirklich. Man muß der Wahrheit nur die Ehre geben. Gerade in diesem speziellen Fall.

E.D.89

E.D.
MARIENKAPELLE EBERMANNSTADT

WEIHNACHTSGEBET

Wir sammeln uns in Kirchenmauern
und denken still mit dumpfen Schauern
an das Elend der Welt.

Wir sammeln uns in Kirchenbänken,
den frommen Sinn von hier zu lenken
zu den Brüdern der Welt.

Wir sammeln uns, ein Lied zu singen
und betend uns'ren Dank zu bringen
dem weisen Herrn der Welt.

Wir sammeln uns zur Weihnachtszeit
und machen unser Herz bereit
zu hoffen für die Welt.

EIN HAHNENSCHLAG MIT FOLGEN

Fast eine Weihnachtsgechichte

Sinn oder Unsinn, Sitte oder Unsitte: Brauch ist Brauch.

Ein Kirchweihbrauch aus alten Zeiten hat sich bis nach dem Ersten Weltkrieg in manchen Dörfern, Marktflecken und Kleinstädten des Jura erhalten. Nun scheint er fast überall endgültig ausgestorben: der Hahnenschlag.
Ob es wirklich ein altfränkischer Brauch war, das muß freilich bezweifelt werden. Denn im Grunde war es ein recht rohes Brauchtum, was sich da Jahr für Jahr zur Kirchweihzeit in unseren Dörfern vollzog. Und wann seit der Christianisierung hätten wir Franken uns als besonders rohe Leute hervorgetan? Daß es sich bei dem Hahnenschlag um eine in frühester Zeit aus dem Norden her eingeführte Gauditradition handelt, läßt sich auch rein philologisch vermuten, denn auf fränkisch müßte es ja „Göger-, Gieger- oder Gocklschlag" heißen. Allein das Wort Hahnenschlag läßt auf außerfränkischen Import schließen. Wie dem auch sei, wenn man den Hahnenschlag als Unsitte bezeichnen will, dann ist es gut, daß er nach dem Zweiten Weltkrieg wohl nirgends mehr wie früher praktiziert wurde. Literarisch darf er aber weiterleben – und sei es nur in dieser kleinen Erzählung, einer Kirchweih- und Weihnachtsgeschichte zugleich.

Es war wohl Anfang der Dreißigerjahre, als ein Professor von der Humboldtuniversität Berlin, seines Zeichens Botaniker, sich mit Frau und Sohn in einem Dörfchen im Norden der Fränkischen Schweiz zu einem Zwei-Wochen-Aufenthalt einquartierte. Der Professor schlug mit dieser Unternehmung gleich mehrere Fliegen mit einem Schlag:
Erstens galt sein berufliches Interesse den seltenen Orchideen der Alb. Und als Kenner der Materie wußte er, daß er gerade in dem Bereich des alten Bezirksamtes Ebermannstadt fündig werden könnte.

Zweitens konnte er dahin seine Familie mitnehmen und seiner Frau und seinem Sohn zugleich einen Urlaub auf dem Lande ermöglichen.
Drittens – und das war ein sehr entscheidender Punkt in seinem Kalkül – war es da besonders preiswert, ja für Berliner Verhältnisse geradezu spottbillig. Dies allerdings nur, wenn man bereit war, einfachste ländliche Verhältnisse einem standesgemäßen Luxus vorzuziehen.
Die Professorsleute waren dazu bereit.
Der Professor hatte brieflich vorher alles geregelt, und man logierte nun in den beiden Fremdenzimmern des Oberwirtes als einzige Gäste im Dorf.
Während der Professor mit seiner Frau nun täglich in der Natur unterwegs war, um Cypripedium calceolus, den Frauenschuh, oder Orchis ustulata, das seltene Brand-Knabenkraut, oder auch ein Exemplar der Epipactis palustris, der Echten Sumpfwurz, zu suchen, zu bestimmen, zu fotografieren und zu kartieren, war Sohn Wilhelm den schönen Pflanzen nur gelegentlich auf der Spur. Meistens las er oder lungerte ganz einfach im Dorf herum, denn fast alles, was ein fränkisches Dorfleben so bietet, war dem Großstadtprimaner fremd.
Nach zwei Tagen kannte den Wilhelm aus Berlin schon fast jeder im Dorf. Er war auch eine außergewöhnliche Erscheinung, wenn er, lang aufgeschossen und schmal, bläßlich im Gesicht, mit einem rotblonden Haarschopf und seiner faltenreichen Knickerbockerhose durch die Dorfstraße schlenderte. Wohlerzogen grüßte er alle älteren Leute mit einem strammen „Jutn Tach!", was ihm zumeist mit einem fast erschrockenen „Grüß Gott" erwidert wurde.
Ein Kontakt mit gleichaltrigen Burschen im Dorf ließ sich für Wilhelm nur schwer herstellen, die Sprachbarriere war zumindest anfänglich auf beiden Seiten fast unüberwindlich. Außerdem gab Wilhelm mit seinem ganzen Habitus für die jungen Dörfler ein geradezu exotisches Bild ab, zwischen Lächerlichkeit und Bewunderung angesiedelt. Spontane Kontakte kamen da schwer zustande.
Daran änderte sich erst etwas in der zweiten Urlaubswoche der Professorsleute, denn da war Kirchweih im Dorf.
Die Vorbereitungen für das Fest waren nicht zu übersehen, zu überhören oder zu „überriechen":
Es wurde gestöbert in den Häusern, die Backöfen im Dorf nahmen gewaltige Mengen

an Brotlaiben und Streuselkuchen auf, die Hausmetzger waren in Tätigkeit, und man hörte allenthalben eine Sau ihren letzten Quicker tun. Die Höfe wurden schwungvoll mit Reisigbesen ausgekehrt, und die jungen Leute steckten abends die Köpfe zusammen, weil ausgemacht werden mußte, wer beim Betznaustanzen mitmachen wollte, wer alles beim Einholen und Aufstellen des Kirchweihbaums in Aktion zu treten hatte und überhaupt, wer mit wem beim Wirt zum Tanzen gehen würde.
Das schien sich alles wie immer nur mit einem entsprechenden Gerangel einzurichten, denn nicht jedes Mädchen bekam den Burschen, den es sich eingebildet hatte, und nicht jeder Junge fand Gehör bei der Maid, der seine Neigung galt. Aber irgendwie hat man sich dann doch arrangiert. Nur die Frieda, die hatte sich auch heuer wieder vorab keinen Kirchweihtänzer angeln können.
Das hatte seine Gründe.
Erstens war die Frieda ein bißchen zu flachbusig und knöchern geraten, überhaupt war sie für ein junges Dorfmädel zu lang und zu dürr. Außerdem war ihr sommersprossiger Teint auch nicht jedermanns Geschmack. Das Äußerliche allein hätte sich aber vielleicht nicht ganz so negativ ausgewirkt, wenn Frieda nicht die Tochter der ärmsten Leute im Dorf gewesen wäre. Mit einer Kuh und einer Geiß im Stall war kein nennenswertes Heiratsgut für sie zu erwarten, und welcher junge Bauer im Dorf war schon bereit, über diesen Mangel hinwegzusehen. Das war und blieb Friedas Schicksal.

Dabei war die Frieda nicht auf den Kopf gefallen, war frohen Gemütes und tatkräftig; sie hätte sicherlich eine tüchtige Bäuerin abgegeben. Aber keiner wollte sie halt. Es war ihr klar, daß sie die Kirchweih wieder ziemlich einsam verbringen würde. Das tat schon ein bißchen weh. Aber was sollte sie dagegen tun?
Gerade als sie auf Anordnung ihrer Mutter ihre Geiß die Dorfstraße hinuntertrieb, um sie dem Gemeindebock zuzuführen, lief ihr der lange Wilhelm aus Berlin über den Weg. Die Frieda erkannte mit ihren wachen Sinnen darin sofort die höhere

Fügung. Und während sie noch überlegte, wie sie mit dem Fremdling anbandeln könnte, sprach dieser sie an:
„ Wo jehste denn hin mit der Zieje?"
„ Mit der Gaß? Zum Gmabock; die Gaß zicklt."

Und damit hier nicht schon das Ende der Zweisamkeit gegeben sein könnte, setzte Frieda hinzu:
„Mogst mit?"
Der Wilhelm hatte nichts verstanden. In lateinischer, französischer und englischer Sprache hätte er vermutlich kapiert, um was es hier ging, aber im Fränkischen war er an seinem Berliner Gymnasium nicht unterwiesen worden. Immerhin hatte er aus Friedas Gesicht und ihren Gesten mehr als aus ihrer verbalen Mitteilung verstanden, daß er mitgehen könne. Und so marschierten beide hinter der Geiß her das Dorf hinunter.

Was er am Ziel schließlich zu sehen bekam, war für den Großstadtjungen eine einprägsame Ergänzung seines theoretischen Wissens über gewisse biologische Vorgänge.
Jedenfalls begleitete er die Frieda mit ihrer Geiß auch wieder durch das Dorf zurück zu ihrem kleinen Anwesen. Die Unterhaltung zwischen den beiden kam nun zusehends besser in Gang, da die Frieda sich befleißigte, so zu reden, wie sie es aus den Lesestücken ihrer alten Voksschulbücher kannte.
Ihr war der große, schlacksige Berliner Junge eigentlich gleich sympathisch gewesen, und er, dem ihre kümmerliche Mitgift in keiner Weise zu stören brauchte, fand das aufgeschossene und aufgeschlossene Naturkind auch recht interessant.
So war die Basis bereitet, auf der es der Frieda ohne große Mühe gelang, den Wilhelm aus Berlin zu ihrem Kärwasburschen zu machen.

Als man mit der Dorfmusik den Kärwasbaam einholte, marschierten Wilhelm und Frieda einträchtig zusammen mit.
Die Frieda war ein wenig stolz auf ihre Eroberung, und der Wilhelm empfand das ganze als eine „tolle Belustijung".
Auch als ein Schaf, mit Bändern geschmückt, unter dem aufgestellten Baum geführt wurde und die jungen Paare es im Kreis umtanzten, um eben den Betzn auszutanzen, drehten sich der Wilhelm und die Frieda fröhlich mit in der Runde. Freilich war der Wilhelm kein besonders geübter Walzertänzer, aber das tat dem Vergnügen keinen Abbruch; die Frieda drehte und schubste den Wilhelm schon dahin, wo er ihrer Meinung nach gerade hin mußte.
Auch an den zwei Tanzabenden, am Samstag und am Sonntag, fand sich das Pärchen auf dem Tanzboden ein. Die Frieda befand sich im Zenit ihres jungfräulichen Daseins, und den Wilhelm beflügelten das fröhliche Bauernmädchen, das ungewohnte Bier und überhaupt die ganze Gaudi dermaßen, daß er so ausgelassen war wie in seinem ganzen bisherigen Berliner Leben nicht.

Die übrige Dorfjugend betrachtete grinsend und belustigt die beiden. Witzeleien und spöttische Bemerkungen über die „zwaa Bohnastanga“ oder „Heigeign“ überhörte die Frieda geflissentlich, den Wilhelm schützte sein sprachliches Unvermögen vor jeder Kränkung. Was man nicht versteht, das kann einen ja nicht beleidigen.
So lief die Kirchweih als vergnügliches dörfliches Fest für alle ab, und auch der Professor und seine Frau waren hoch beglückt über die kulinarischen Besonderheiten der fränkischen Kirchweihküche: Küchla, Streuselkuchen, Bratwürste und Gansbraten mit Klößen fanden den ungeteilten preußischen Beifall.

Am Montag nun, bevor die Kärwa mit einer Zeremonie begraben werden mußte, kam nochmal die ganze Dorfjugend im Hof des Wirtes zusammen zum „Hohnaschlog“.
„Do machsta a mit!“ ermunterte die Frieda ihren noch etwas unentschlossenen Wilhelm, und beide gesellten sich in die große Runde.
Mitten in dem weiten Kreis, den die Zuschauer formierten, stellte der Wirt einen großen irdenen Topf. Dann holte er einen jungen Hahn herbei, dem man die Füße mit einer Schnur zusammengebunden hatte. Damit auch jeder den schönen Hahn bewundern konnte, wurde das arme Tier im Kreis herumgetragen. Der Gockel flatterte dabei ängstlich mit den Flügeln, besonders, wenn man ihn heftig auf und ab bewegte. Schließlich wurde der irdene Topf aufgehoben, der Gockel auf die Erde gesetzt und das Gefäß über ihn gestülpt.
Und dann betrat der erste Bewerber den Kreis. Mit einem Einsatz von fünfzig Pfennigen hatte er die Mitspielberechtigung vom Wirt erworben. Der Wirt verband dem Burschen nun mit einem Tuch die Augen, führte ihn an den Topf heran, unter dem der Gockel saß, und ließ zuletzt den jungen Mann mit dem Fuß das Gefäß berühren. Dann drückte man ihm einen besonders großen Dreschflegel in die Hände, drehte ihn mehrmals um seine eigene Achse, führte ihn von einem Ende des Menschenkreises zum anderen, drehte ihn abermals um sich selbst und ließ ihn dann frei.

Seine Aufgabe war es nun, mit einem einzigen Schlag den Topf zu treffen und zu zerschlagen. Sein Preis: der Hahn.
Seit einigen Jahren hatte es sich gottlob eingebürgert, den Hahn vor dem eigentlichen Spiel schnell wieder unter dem Topf hervorzuholen und in einem Sack am Rande der kleinen Arena zu verwahren. Man wird nicht fehl gehen, wenn man mutmaßt, daß dies weniger ein Akt der Tierliebe war als vielmehr der Wunsch, den Hahn später in einem möglichst brauchbaren Zustand in den Kochtopf zu bekommen.
Für die Zuschauer des Spektakels galt eine einzige Regel: Genaue Anweisungen von außen waren nicht erlaubt, nur die Aufforderung für den Spieler, jetzt den Entscheidungsschlag auszuführen, durfte durch Zuruf gegeben werden.
Der Wirt, der ja mit jedem Fehlschlag fünfzig Pfennig seiner Auslagen für Hahn und Topf zurückerhielt, hatte die Augenbinde des Jungen jedenfalls sehr straff angezogen, denn der Bursche mit dem Dreschflegel hatte keinerlei Orientierung. Die vielen Umdrehungen und sichtlich auch das zuvor reichlich genossene Bier ließen den Jungen schwanken. Unsicher tappte er einige Schritte in die verkehrte Richtung auf die Zuschauer los. Als er den Dreschflegel hob, wichen die Leute im Gefahrenbereich erschreckt und ängstlich zurück, zumal von der Gegenseite des Kreises die gänzlich unangebrachte Aufforderung erscholl:
„Schlog zu! Schlog zu!“
Er schlug aber nicht, sondern drehte sich um und ging mit erhobenem Flegel auf die andere Seite des Menschenkreises los.
„Schlog zu!“ ertönte es nun laut von denen, denen er jetzt den Rücken zuwandte. Das gefährliche Spiel wiederholte sich mehrmals. Fast jeder Zuschauer geriet einmal oder öfters in den Treffbereich des Dreschflegels, und jeder schrie aus Leibeskräften „Schlog zu!“, wenn er selbst gerade außer Gefahr war, getroffen zu werden.
Schließlich knallte das Schlagholz des Flegels auf den Boden; der Topf aber stand unversehrt meterweit entfernt.
Ein zweiter Bursche trat nun in den Ring, entrichtete beim Wirt seine Teilnehmergebühr und das Spiel begann aufs neue. Auch sein Schlag ging daneben, so wie die der nachfolgenden Mitspieler.
Schließlich trat der Hans in den Ring. Siegessicher zwinkerte er in die Runde und

winkte seiner großen Anhängerschar zu. Man bedachte ihn mit stürmischem Beifall. Der Hans spielte nämlich im Dorf eine Sonderrolle. Er galt als der stärkste Bursche, und sein Vater hatte den größten Hof im Ort.

Der Hans wollte den Hahnenschlag heute unbedingt gewinnen, und dafür hatte er Vorsorge getroffen. Die Eingeweihten wußten, daß seine Vorspieler eigentlich gar nicht ernsthaft versucht hatten, den Topf zu treffen. Der reiche Hans hatte ihnen dafür das Einsatzgeld bezahlt und mit Freimaßen ihr Wohlverhalten erkauft. Der abgefeimteste Schwindel war aber eine Absprache mit seinen Freunden, die gegen jede Regel und Fairneß verstieß.

Man hatte vereinbart, den erlaubten Ruf „Schlog zu" so einzusetzen, daß der Hans damit zielsicher zum Topf geführt werden sollte. Wenn das Wort „Schlog" betont gerufen wurde, so bedeutete das, daß sich der Hans mehr rechts halten müsse, wenn das Wort „zu" lauter erscholl, dann eben mehr nach links. „**SCHLAG** zu" und „schlag **ZU**", das war das ganze Geheimnis, das zum sicheren Erfolg führen mußte.

Ja, der Hans war nicht nur stark und reich, er war auch klug – und dazu sehr freigebig!

Kaum war er nun im Ring, da ertönten die richtungsweisenden Rufe. Der Hans fackelte nicht lange, er wandte sich – je nach Betonung der Zurufe – etwas mehr nach rechts oder nach links und marschierte geradeaus, wenn keine akustische Anweisung zu vernehmen war. Das funktionierte; der Topf war ziemlich schnell in Treffweite. Doch so nahe am Ziel konnte der Hans keine einheitliche Anweisung mehr unterscheiden. Die Rufe kamen uneinheitlich an sein Ohr. Da seine Freunde im ganzen Kreis verteilt standen, war logischerweise für den einen links, was für den Gegenüberstehenden rechts war. Je länger das Spiel dauerte, desto weniger waren die angeheiterten Freunde in der Lage, links und rechts nach dem Standpunkt von Hans anzugeben. Sie meldeten dafür mehr und mehr ihre eigene unterschiedliche Sicht der Situation.

Dreimal verfluchtes Freibier!

So sehr der Hans auch lauschte, die Anweisungen waren nicht mehr sicher zu verwerten. Widerwillig schlug er auf gut Glück seinen Dreschflegel auf den Boden. Weit gefehlt! Es gab welche in der Runde, die sich darüber freuten und laut klatschten. Frieda gehörte dazu.

Mehr als der Hans konnte sich der Wilhelm auch nicht blamieren. Sie schob ihn in den Kreis, zahlte für ihn die fünfzig Pfennig, und ehe er sich's versah, stand er schon mit verbundenen Augen und dem riesigen Dreschflegel in dem johlenden Kreis.
Die Frieda hatte sich schnell wieder in die hochgestimmte Menge eingeordnet. Doch sah sie jetzt etwas ängstlich auf ihren Berliner Freund, der sehr unbeholfen, einsam und verlassen inmitten der gröhlenden Runde stand.
Seltsam, die weiße Binde, die seine Augen bedeckte, kam der Frieda nun wie ein Verband vor. Sie erschrak über das Bild, das Wilhelm jetzt abgab. Das Erschrecken dauerte aber nur ein paar Augenblicke, dann nahm das Geschehen ihre Aufmerksamkeit voll in Anspruch.
Um seine Achse hätte man den Wilhelm eigentlich gar nicht mehr zu drehen brauchen, und es war auch überflüssig, ihn zickzack durch den Ring zu führen. Er war total verunsichert und schwindelig und hatte keinerlei Orientierung. Die Zuschauer gröhlten, denn man konnte sehen, daß der Wilhelm wankte! Ja, er hatte auch etwas von Hansens Freibier abbekommen. Irgendwer hatte ihm gutgelaunt einen halbvollen Maßkrug in die Hand gedrückt. Der darin befindliche Rest hatte den Wilhelm zunächst beschwingt, dann aber doch seine Standfestigkeit eingeschränkt, und die Drehungen mit verbundenen Augen hatten ihn nun völlig aus dem Gleichgewicht gebracht.
Das allgemeine Gelächter und die spöttischen Zurufe gingen langsam über in ein gemeinsames Skandieren:
„Schlog zu! Schlog zu! Schlog zu!"
Der Wilhelm spürte, daß er keine Chance hatte, den Topf zu finden. Verzweifelt hoffte er, in seine wankende Finsternis möge ein Signal von außen dringen: ein Ruf von Frieda. Er nahm aber in dem Stimmengewirr nichts wahr, obwohl die Frieda aus Leibeskräften und regelwidrig rief:
„Dreh dich um! Dreh dich um!"
Da entschloß er sich, die Tragödie zu beenden.
Er zog mit dem riesigen Dreschflegel zu einem gewaltigen Schlag aus, so gewaltig, daß der Flegel den wankenden Wilhelm mit nach hinten umriß! Er stürzte rückwärts hin und das fallende Flegelholz traf – o Wunder– den Topf, der in tausend Scherben zersprang.

Das Bravo! Bravo! Bravo! der Frieda schrillte über den Wirtshof. Der Hans, der nach seinem Mißerfolg das weitere Schauspiel bisher mißmutig und übellaunig verfolgt hatte, konnte das Lachen nun auch nicht mehr halten. Und da er belustigt klatschte und bravo rief, fielen alle Burschen und Mädchen schließlich mit ein. Der Wilhelm war der komische Held des Tages. Man umringte ihn, drückte ihm den Gockel in die Hand und trug ihn auf den Schultern zur Dorfmitte, wie es der Brauch verlangte.

Gerade da kam das Professorsehepaar von einer Exkursion zurück. Weshalb die Dorfleute ausgerechnet ihren Wilhelm wie einen siegreichen Gladiator feierten, das konnten sie sich nicht gleich zusammenreimen. Die Frieda erklärte ihnen bereitwillig, daß der Wilhelm gerade den Hahnenschlag gewonnen hatte, dazu noch mit einem äußerst kunstvollen und selten praktizierten Rückwärtsschlag.

„Kolossal, kolossal!" meinte der Professor anerkennend und schüttelte seinem Sohn zur Gratulation die Hand. Ringsum klatschte man Beifall zu der rührenden Familienszene.

Der Professor ließ sich nicht lumpen; er stiftete am Abend ein Faß Freibier. Die Frieda ließ sich auch nicht lumpen; sie schlachtete den Hahn und lud die Berliner Familie zum Göckeressen mit Klößen und Wirsing ein. Der Wilhelm ließ sich auch nicht lumpen; er umarmte die Frieda und tauschte mit ihr des Abends Küsse und Zärtlichkeiten, daß ihr ganz anders zumute wurde.

Der Wilhelm und die Frieda, die haben sich später – wie es halt so geht – aus den Augen verloren; aber vergessen hat keiner von ihnen beiden jemals den anderen und den berühmten Hahnenschlag!

Jahre waren ins Land gegangen; die Frieda war längst in die Stadt gezogen und hatte den Beruf einer Krankenschwester erlernt. Aus dem hochgeschossenen, etwas knochigen Bauernmädchen war eine ansehnliche, junge, kräftige Frau geworden, die mit ihrem frohen Wesen vielen Kranken über schwere Stunden hinweghalf. Die Sicherheit, die all ihr Tun kennzeichnete, ihre Ausgeglichenheit und ihre Einsatzfreude machten sie zu einer geschätzten und beliebten Kraft im Krankenhaus. Als der Krieg ausbrach, wurde sie zur Dienstleistung an ein Lazarett in Bamberg verpflichtet.

Zur dritten Kriegsweihnacht wurde ihr über die Feiertage Urlaub gewährt. Sie freute sich, für ein paar Tage in ihr Dorf heimkehren zu können, um mit den Eltern Weihnachten zu feiern.

Am Tag vor dem Heiligen Abend packte sie ein paar Sachen zusammen, meldete sich bei der Lazarettverwaltung ab, nahm ihren Urlaubsschein in Empfang und ging durch die Eingangshalle dem Ausgang zu. Sie wollte zum Bahnhof.

Am Eingang gab es einen kleinen Stau. Es kam gerade ein Transport mit Verwundeten an. Ein Sanitäter hielt die Tür auf, ein paar Soldaten wurden auf Bahren hereingetragen, etliche Verwundete trugen Armschienen, manche hinkten auf Krücken in die Halle. Zuletzt kamen zwei Soldaten, die von einem Sanitäter geführt werden mußten. Der kleine Verwundetentrupp hielt in der Krankenhaushalle an, ein Sanitätsunteroffizier verkündete mit lauter Stimme, daß man sich hier etwas gedulden müsse, bis die Einweisung in die einzelnen Krankensäle und Stuben geregelt sei.

Den Anblick verwundeter und verstümmelter Menschen war Frieda gewohnt. Trotzdem bewegte sie jedesmal erneut das Leid der jungen Soldaten. Sie gab sich einen Ruck, um weiterzugehen, an den Versehrten vorbei zum Ausgang. Direkt vor der Tür standen die beiden jungen Männer, die man zuletzt hereingeführt hatte. Einer trug eine Brille mit zwei schwarzen Gläsern, der andere einen weißen Verband über beide Augen. Die Soldaten waren blind.

Als Frieda gerade an den Blinden vorbeigehen wollte, zuckte sie zusammen. Vor ihr stand ein Bild, das sie kannte; ein rotblonder Schopf über einer weißen Binde, welche die Augen verdeckte: Wilhelm beim Hahnenschlag. Frieda erinnerte sich genau; das flüchtige Bild war in ihre Seele eingebrannt.

Frieda schien es, daß der Boden unter ihren Füßen wankte. War das eine schreckliche Vision? War das Wirklichkeit?
Sie ließ ihre Tasche zu Boden gleiten und fuhr sich mit den Händen über die Augen. Wieder und wieder. Es änderte sich nichts. Vor ihr stand eine schmale Gestalt mit weißer Augenbinde, über der ein rotblondes Haarbüschel zum Vorschein kam.

Unterhalb des Verbandes war ein Teil eines jungen Gesichtes zu sehen. Frieda erkannte den feingeschnittenen Mund und Wilhelms schmales Kinn.
Es gab keine Täuschung, ein Irrtum war ausgeschlossen. Vor Frieda stand ihr Freund aus frohen Kirchweihtagen, der Wilhelm aus Berlin. Er trug eine Augenbinde wie damals. Damals war die Binde Requisit eines ausgelassenen Spiels, jetzt war sie Zeichen eines fürchterlichen Schicksals!

Während diese Gedanken durch Friedas Kopf schossen, stand Wilhelm starr in seiner Finsternis. Er konnte seine Jugendfreundin ja nicht sehen. Niemals wieder.
Es dauerte eine Weile, bis Frieda sich in der Gewalt hatte. Sie kämpfte gegen ihre aufsteigenden Tränen, dann ging sie zu dem Betreuer der beiden Blinden und sagte zu ihm:
„Du kannst schon gehen, ich übernehme die Blinden jetzt."
Dem konnte es recht sein.
Inzwischen war der Unteroffizier wieder in die Halle getreten und verlas die Zuweisung der Verwundeten in die Krankensäle. Zuerst wurden die beiden Blinden genannt. Als sie ihre Namen und die Zimmernummern hörten, bewegten sie sich nicht von der Stelle. Sie warteten geduldig darauf, daß jemand sie führte.
Frieda nahm jeden bei der Hand und sagte:
„So, jetzt übernehme ich euch. Kommt!"
Während der Soldat mit der schwarzen Brille ungerührt geradeaus sah, wendete Wilhelm spontan seinen Kopf der Sprecherin zu. Ob sein Gesicht Erstaunen zeigte? Eine Frage? Der Verband verbarg es.
Frieda führte die beiden in ihr Zimmer. Niemand sprach ein Wort. In der Stube faßte sie ihren alten Freund bei beiden Händen:
„Wilhelm?" flüsterte sie fragend.
Er zuckte zusammen und nickte.
„Ich bin Frieda. Ich kenne dich mit deinen verbundenen Augen schon vom Hahnenschlag her. Weißt du es noch?"
Wilhelm konnte nicht sprechen; er nickte heftig, und seine Hände umklammerten die ihren, als wollte er sie nicht mehr loslassen.

Frieda hatte mit ihrem ausgeprägten praktischen Sinn in kurzer Zeit alles, was ihr nötig schien, geregelt oder in die Wege geleitet.

Sie wurde dem Wilhelm und seinem Kameraden zur Pflege und Betreuung zugeteilt, und da eine medizinische Maßnahme für die beiden Blinden in der nächsten Zeit noch nicht vorgesehen war, erhielten sie auf Friedas Bitte zusammen mit ihr einen Weihnachtsurlaub von vier Tagen.

Als Frieda mit den blinden Soldaten in ihrem Dorf ankam, war Heiligabend. Es herrschte mäßige Kälte, die Dorfstraße war hart gefroren, aus den Kaminen der Bauernhäuser stiegen Rauchwölkchen auf. Frieda führte ihre Begleiter durch das ganze Dorf.

„So, jetzt sind wir vor der Linde. Kannst du dir das Dorf noch vorstellen? Es hat sich fast nichts geändert seit damals. Da rechts ist das Wirtshaus. Stell dir mal vor, daß du jetzt wieder genau da stehst, wo du damals beim Hahnenschlag den Topf getroffen hast, Wilhelm."
Wilhelm lachte:
„Ja, beim Hinfallen, rückwärts! Mein Gott Frieda, waren das unbeschwerte Zeiten!"
Wilhelm war sichtlich gelöst.
„Ich sehe das alles ganz deutlich vor mir. Dazu brauche ich wirklich keine Augen."
Und nach einer Weile fügte er hinzu:
„Und dich sehe ich auch vor mir, Frieda, dazu brauche ich auch keine Augen."
„Ja, aber ich hab mich schon verändert seit damals", meinte Frieda.
„Und ich erst!" sagte Wilhelm mit trockenem Hals.
Zu Hause hatten Friedas Eltern alles für die blinden Soldaten gerichtet.
Es wurde ein besonderes Weihnachtsfest!
Friedas Mutter hatte einen Hahn geschlachtet. Dazu gab es Klöße und Wirsing.
„Mein Gott", sagte Wilhelm, „wie köstlich! Die Jahre scheinen stehengeblieben zu sein. Es schmeckt genau wie damals, als wir den Kirchweihhahn gegessen haben. Wunderbar!"
Der Christbaum wurde von den Blinden mit den Fingern „betrachtet", die brennenden Kerzen waren zu fühlen, die kleinen Geschenke wurden ertastet. Man sang gemeinsam alle Weihnachtslieder, die man kannte, und Frieda las das Weihnachtsevangelium vor. Bei der Stelle „...und Frieden den Menschen auf Erden..." versagte ihr aber die Stimme.

Monate später, als Frieda und Wilhelm einmal alleine in der Krankenstube des Lazarettes waren, sagte Wilhelm:
„Welch eine seltsame Fügung, daß wir uns unter solchen Umständen wieder gefunden haben. Ich denke viel darüber nach. Das erste Weihnachtsfest ohne Augen! Ich hatte Angst davor."

Der Wilhelm konnte nicht gleich weitersprechen, Schließlich fuhr er leise fort:
„Meine Augen können nicht mehr sehen, aber sie können noch weinen."
Wieder machte er eine Pause.
„Kein Tag des Jahres macht uns so weich und so zerbrechlich wie der Heilige Abend. Aber ich bin – dank deiner Hilfe – nicht zerbrochen; im Gegenteil, es war ein Tag, der mich fähig gemacht hat, mein Leben auch weiterhin anzunehmen."
Dann schwieg Wilhelm.
Als er suchend seine Hände nach Frieda ausstreckte, begriff sie, daß dies eben so etwas wie ein Heiratsantrag gewesen war. –
Und sie ergriff seine tastenden Hände.

WO SIND SIE VERBLIEBEN?

Mächtig waren sie,
gerüstet, kampfbereit und wortgewaltig!
Erzengel mit Flammenschwertern.
Luzifers Heere stürzten sie
in glühende Abgründe
und ihr Siegesgelächter klang wie Posaunenschall
durch Äonen aus den Sphären.

So waren sie beschrieben.
Doch wo sind sie geblieben?

Die Engel des alten Testaments,
GOTTES eigene Boten und Herolde,
die den Menschen kündeten
den Willen des SCHÖPFERVATERS,
seine Gnade und seine Liebe
wie seinen Zorn
und seine Strafen auch.

So waren sie beschrieben.
Doch wo sind sie geblieben?

Aus dem samtenen Azur des Alls
schwebten sie
herab auf unseren Planeten,
umgeben von gefächertem Gefieder,
Mächtige Lichtgestalten
mit strahlenden Stirnen
und die Seelen durchdringenden Blicken.

So waren sie beschrieben.
Doch wo sind sie geblieben?

Als so sie herniedersanken
aus den Fernen am Ende der Lichtjahre
in jener Heiligen Nacht,
den Hirten zu künden:
„Es ist der HEILAND geboren!"
bargen diese in Angst
Stirnen, Augen und Münder
im Staub.

So waren sie beschrieben.
Doch wo sind sie geblieben?

„Fürchtet euch nicht!"
dröhnten die Stimmen.
Da erst konnten
Blicke und Herzen sie heben,
die Schäfer von Betlehem,
zu hören die Frohe Botschaft,
bevor mit gewaltigem Flügelschlag
ins Sternenmeer entschwanden
die Boten des HERRN.

So waren sie beschrieben.
Doch wo sind sie geblieben?

Spielenden Kindern gleich
tummeln sich heute
Nackedeis im Ringelreihen
auf unseren Altären.
Blumenvölkchen, frohe Puttenscharen
mit Flügeln wie Flederwische.
So tanzen Engelein
nach den Klängen der Orgelpfeifen
Menuetts und Sarabanden.

So waren sie nicht beschrieben.
Und wo sind die Beschriebenen geblieben?

Wie soll die Botschaft
aus fernen Himmeln uns erreichen?
Finden Gottes Scharen nicht mehr den Weg
durch Sternenmyriaden zu uns?
Kreuzen Raketen, Satelliten und Raumschiffe
Irrlichtern gleich die alten Bahnen?
Oder sandte GOTT seine Engel
nun in andere Galaxien
dort Erlösung und Gnade zu verheißen?

Wie waren sie einst beschrieben?
Und wo sind die Beschriebenen verblieben?

MORGEN WERDEN LICHTER BRENNEN

Kein Falter gaukelt mehr im Garten,
kein grünes Blatt am Ast,
kein Sonnenstrahl auf frohen Fahrten
streicht übers Land mit Hast.

Kein Blütenkelch birgt Tau am Grunde,
kein Halm wiegt Käfer in den Schlaf,
kein heller Laut aus Kindermunde
lauschende Ohren traf.

Es stechen brauner Gräser Speere
durch nassen Schnee im Dämmer,
kalte Tropfen fallen ins Leere,
pochen wie ferne Hämmer.

Am Grunde meiner Seele ruht
der Mut, bleischwer von Sorgen.
Doch berg ich noch in tiefer Hut
die Hoffnung auf den Morgen.

Denn morgen werden Lichter brennen,
die Welt wird morgen anders sein;
ich werde lebensfroh erkennen:
Es läßt der HERR mich nicht allein.

Ebermannstadt

Vom gleichen Autor bereits erschienen

168 Seiten, 36 Schwarzweißabbildungen,
Format 18,0 x 20,5 cm. Preis: 19,80 DM.

Schriftenreihen des Fränkische-Schweiz-Vereins

I. Die Fränkische Schweiz – Landschaft und Kultur

Band 1

Rund um die Neideck

348 Seiten, Format: 13,5 x 20,0 cm, eine farbige Karte, 20 Farbbilder,
147 Schwarzweißabbildungen und zehn Wanderwegekarten. Preis 24,80 DM.

Band 2

Gustav Voit – Walter Rüfer

Eine Burgenreise durch die Fränkische Schweiz

Auf den Spuren des Zeichners A. F. Thomas Ostertag

264 Seiten, acht Farb- und 165 Schwarzweißabbildungen. Preis: 24,80 DM.

Band 3

Gerhard Ph. Wolf – Walter Tausendpfund

Pegnitz – Veldensteiner Forst

Geschichtliche Streifzüge

552 Seiten, zwei zweifarbige Karten, 14 Farb- und 29 Schwarzweißabbildungen.
Preis: 29,80 DM.

Band 4

Johann-Bernhard Haversath

Mühlen in der Fränkischen Schweiz

292 Seiten, 119 Abbildungen, davon 15 vierfarbig, acht Tabellen, Orts- und Sachregister.
Preis: 24,80 DM.

Band 5

Heinz Büttner

Sagen, Legenden und Geschichten aus der Fränkischen Schweiz

472 Seiten, eine Karte, 25 Schwarzweißabbildungen, Motivverzeichnis,
Namens- und Ortsverzeichnis. Preis 24,80 DM.

Band 6
Peter Poscharsky

Die Kirchen der Fränkischen Schweiz

440 Seiten, acht Karten, 45 Farb- und 135 Schwarzweißabbildungen, Register.
Preis: 29,80 DM.

Band 7
Otto Voit

Das Fachwerk in der Fränkischen Schweiz

372 Seiten, 343 Federzeichnungen, davon sechs Schemazeichnungen,
50 Farbaufnahmen, eine Karte, Orts- und Sachregister: Preis: 29,80 DM.

Band 8
Gustav Voit – Brigitte Kaulich – Walter Rüfer

Vom Land im Gebirg zur Fränkischen Schweiz

Eine Landschaft wird entdeckt

416 Seiten, Format 20,0 x 20,0 cm, 193 Abbildungen, davon 23 vierfarbig, Stichwortverzeichnis.
Preis: 29,80 DM.

Band 9
Reinhold Glas

Pretzfeld

Häuser- und Familienchronik eines Marktortes in der Fränkischen Schweiz

1108 Seiten, Format 13,5×20,0 cm, 263 Abbildungen, davon 28 farbig, 1 farbige Kartenbeilage;
Quellen- u. Literaturverzeichnis, Orts- und Personenregister, Preis: 39,80 DM.

IN VORBEREITUNG
Band 10

Die Juden in der Fränkischen Schweiz

II. Die Fränkische Schweiz – Heimatkundliche Beihefte

Heft 1
Lilly Schottky

Geschichte des Fränkische-Schweiz-Vereins

und andere heimatkundliche Beiträge
136 Seiten, Format 14,8 x 21,0 cm, sieben Schwarzweißabbildungen. Preis: 19,80 DM.

Heft 2
Reinhard Löwisch

Geschichten und Sagen um Denkmäler der Gemeinde Waischenfeld

208 Seiten, Format 11,5 x 21,0 cm, eine Karte, 151 Schwarzweißabbildungen.
Preis: 14,80 DM.

Heft 3
Marga Neuner

Klaussteiner Bauernpsalter

192 Seiten, Format 12,0 x 20,0 cm, 30 Schwarzweißabbildungen.
Preis: 14,80 DM.

Heft 4
Erich Döttl

Feierabend

Geschichten und Gedichte aus der Fränkischen Schweiz
168 Seiten, Format 18,0 x 20,5 cm, 36 Schwarzweißabbildungen. Preis: 19,80 DM.

Heft 5
Hans Max von Aufseß

Meine Fränkische Schweiz

144 Seiten, Format 12,5 x 20,5 cm, 37 Schwarzweißabbildungen aus der Sammlung Schloß Oberaufseß.
Preis: 19,80 DM.

Heft 6

Rolf Meyer – Hermann Schmidt-Kaler

Wanderungen durch die Erdgeschichte

Durch die Fränkische Schweiz

168 Seiten, Format 17,0 x 24,0 cm, 180 Abbildungen, davon 29 in Farbe, mit zwei farbigen geologischen Karten. Preis: 30,00 DM.

Heft 7

Ludwig Tieck – W. Heinrich Wackenroder u.a.

Pfingst-Reisende

in das Muggendorfer Gebirg und die Fränkische Schweiz

144 Seiten, Format 16,0 x 24,0 cm.
Preis: 19,80 DM.

In Vorbereitung:

Walter Heinz

Ehemalige Adelssitze des Trubachtals

Ein Wegweiser für Heimatfreunde und Wanderer

Gustav Voit

Die Walpoten

Das älteste Adelsgeschlecht Oberfrankens

Marga Neuner

Klaussteiner Urvertrauen

Bernhard Bickel

Senftenberg und der Georgiritt

BIBLIOTHECA FRANCONICA
Verlag Palm & Enke
herausgegeben von
Hans Baier

Die „Bibliotheca Franconica" hat es sich zur Aufgabe gemacht, Faksimilenachdrucke seltener Bücher zur fränkischen Geschichte und Kulturgeschichte herauszubringen. Den Liebhabern fränkischer Landschaft und Literatur soll dadurch der Erwerb wichtiger Texte, in die eigene Nachworte einführen, in preiswerten Ausgaben ermöglicht werden.

Bisher sind erschienen:

Bd. 1: Joseph Heller
Muggendorf und seine Umgebungen oder die fränkische Schweiz. 1829.
Nachwort von Bernhard Schemmel, 1979 – vergriffen –

Bd. 2: Heinrich Joachim Jäck
Bamberg, wie es einst war und wie es jetzt ist. 1819.
Nachwort von Hans Baier, 1979. DM 8,80.
Der bekannte Bamberger Bibliothekar beschreibt kurz und prägnant „seine" Stadt.

Bd. 3: Jobst Christoph Ernst von Reiche
Bayreuth. 1795 – Fantaisie. 1796.
Nachwort von Hans Baier, 1980. DM 26,80.
Ausführliche Schilderung Bayreuths aus der Zeit, als der König von Preußen Landesherr war. Im Anhang die seltene Veröffentlichung über die Fantaisie. Mit Plan der Stadt Bayreuth und der Parkanlage.

Bd. 4: Friedrich Mayer
Nürnberg und seine Merkwürdigkeiten. 1849.
Nachwort von Klaus Matthäus, 1980. DM 16,80.
Mayer, ein rühriger Journalist jener Zeit, skizziert in seinem detaillierten Führer das Nürnberg zu Beginn der Industrialisierung.

Bd. 5: Karl Immermann
Fränkische Reise, Herbst 1837. 1843.
Nachwort von Hans Baier, 1980. DM 14,80.

„Franken ist wie ein Zauberschrank; immer neue Schubfächer tun sich auf und zeigen bunte, glänzende Kleinodien und das hat kein Ende. Wer Deutschlands geheimste jungfräulichste Reize genießen will, muß nach Franken reisen."

Bd. 6: Carl Gottfried Scharold
Würzburg und die umliegende Gegend. 1805.
Nachwort von Bernhard Schemmel, 1980. DM 28,00.

Scharolds Führer spiegelt ein Stück Kulturgeschichte Würzburgs vom Anfang des 19. Jahrhunderts wider.

Bd. 7: (Franz Karl Freiherr von Münster)
Die Ehrenbürg bei Forchheim.
Ein Walburgis-Geschenk für Dahin-Reisende. 1822.
Nachwort von Bernhard Schemmel, 1981. DM 14,80.

Mit vier Ansichten nach Zeichnungen von Ludwig Neureuther. Im Nachwort eine Geschichte des Walberla-Festes mit weiteren Belegen aus Literatur und darstellender Kunst.

Bd. 8. Hermann Ludwig Heinrich von Pückler-Muskau
Fürst Pückler reist in Franken. (Semilasso's vorletzter Weltgang Bd. 1). 1835.
Nachwort von Hans Baier, 1982. DM 24,80.

Ein Grandseigneur reist durch Franken. (Fichtelgebirge, Bamberg, die Fränkische Schweiz, Pommersfelden, über Würzburg nach Frankfurt).

Bd. 9: Georg Friedrich Rebmann
Briefe über Erlangen, 1792 (Beide Teile in einem Band).
Nachwort von Ernst Schubert, 1984. DM 28,00.

Die „Briefe über Erlangen" – die erste Veröffentlichung eines der bekanntesten politischen Schriftststeller seiner Zeit – sind eine überaus informative Quelle für den Alltag in der damaligen Stadt. Sie zeigen einen genauen Beobachter, der wesentlich objektiver darstellt, als ihm seine Rezensenten zubilligten, die in ihm nur einen Pamphletisten sehen wollten.

Bd. 10: Karl Heinrich Ritter von Lang
Memoiren 1842 (Beide Teile in einem Band).
Nachwort von Heinrich von Mosch, 1984. DM 58,00.

Eines der reizvollsten Sücke deutscher Memoirenliteratur, die berühmten Erinnerungen des Ritters von Lang, die bei ihrem ersten Erscheinen ungeheures Aufsehen erregten, sind hier nach langem wieder ungekürzt greifbar.

Bd. 11: Ernst Moritz Arndt
Bruchstücke aus einer Reise von Baireuth bis Wien im Sommer 1798. 1801.
Nachwort von Jakob Lehmann, 1985. DM 58,00.

Der junge Ernst Moritz Arndt zeigt sich in seiner Reisebeschreibung als Schriftsteller von Rang. Die Schilderung von Land und Leuten am Ende des Alten Reiches ist auch heute eine höchst erfrischende Lektüre. Erlangen und Nürnberg werden eingehend beschrieben.

Als nächster Band wird erscheinen:

Bd. 12: Friedrich Nicolai
Beschreibung einer Reise durch Deutschland und die Schweiz im Jahr 1781.
Nebst Bemerkungen über Gelehrsamkeit, Industrie, Religion und Sitten.
Band 1, 1783.

Der erste Band der berühmten Nicolaischen Reisebeschreibung enthält die Route von Coburg bis Nürnberg.